KB235132

소설 仙

소설 仙

토정 이지함 ★ 명상 판타지

1

| 나의 별 메릴린스 |

문화영 지음

수선재

소설 선(仙) – 토정이지함☆명상판타지 ①

ⓒ 문화영 2003

1판 1쇄 발행 2003년 3월 6일
1판 3쇄 발행 2003년 4월 7일

문화영 지음

펴낸곳 수선재 | **펴낸이** 이상훈

책임편집 장미리 | **마케팅** 노경철 | **삽화** 최경아 · 김민지
표지디자인 양금령 | **본문디자인** 이미연

출판등록 1999년 3월 22일 (제 1-2469호) | **주소** 서울 종로구 통인동 137-7 3층 (110-043)
전화 02)725-5877 | **팩스** 02)725-5857
홈페이지 http://www.soosunjae.com | **이메일** books@soosunjae.org

ISBN 89-89150-13-2 (전 3권)
　　　 89-89150-14-0　04810

＊ 잘못된 책은 바꿔드립니다.
＊ 이 책은 2000년 1월부터 인터넷(WWW.SOOSUNJAE.ORG)에
　 '메릴린스에서 온 선인, 토정 이지함' 이라는 제목으로 연재되었던 내용을 새롭게 엮은 것입니다.
＊ 이 책의 본문과 삽화는 저자와 출판사의 허락 없이 사용할 수 없습니다.

이제는 선(仙)이다!

명상판타지 소설 '선(仙)'은 조선 중기를 풍미한 기인이자 '토정비결'의 저자로 잘 알려진 토정 이지함의 3대에 걸친 구도(求道)의 역정(驛程)을 전 우주를 배경으로 장대하게 풀어낸 대서사시이다.

이야기의 무대가 되는 16세기는 정신문명의 르네상스라고 불릴 정도로 황진이, 서경덕, 남사고, 이율곡, 신사임당 등 수많은 선인들이 선(仙)의 꽃을 피운 빛나는 시대였다.

80년대 초 대학시절, 소설 '단(丹)'을 읽고 우리 민족이 가지고 있던 정신수련의 유구한 전통을 발견하고 자긍심을 가졌던 기억이 있다. 그 후 단전호흡이나 정신수련의 열풍이 사회를 강타하여 그동안 일부 소수계층에만 머물러 있던 우리 고유의 수련전통이 일반화하게 되는 기폭제가 되었고, 지금은 동네 어디서나 태권도장처럼 단전호흡을 배울 수 있는 도장을 볼 수 있게 되었다.

한편 물질문명의 발전이 한계에 이르자 서구에서는 동양의 정신문명에 대한 관심이 깊어졌으며, 오리엔탈리즘의 대두에 따라 명상, 요가 등의 정신수련이 서구의 상류층을 중심으로 영화계와 패션계에 유행으로 등장하여 이제는 하나의 트렌드로 자리를 잡고 있다.

또한 이현세의 '천국의 신화'로부터 KBS '역사스페셜'과 같은 대중매체에까지 우리의 고대사나 상고사에 대한 재평가가 붐을 이루는 것과, 최근의 SOFA개정 촛불시위 등으로 볼 때 변화된 한국의 위상에 걸맞는 우리 민족의 자존감을 요구하는 목소리가 점점 사회의 주류로 번져 나오고 있음을 알 수 있다.

이러한 때에 지난 20여 년간 단전호흡 등으로 피상적으로 확산되어 왔던 정신수련의 차원을 한 단계 높임으로써 우리 민족의 정신문명의 깊이와 정수를 한눈에 보여 줄 수 있는 작품이 소설의 형태로 등장하였음은 의미심장한 일이다.

광대한 우주와 은하들, 그리고 지구를 배경으로 시간과 공간을 초월하며 펼쳐지는 이야기에서는 우리가 상상할 수 없었던 엄청난 스케일을 만날 수 있으며, 또한 그 묘사의 세밀함에서는 '개미'의 베르베르를 능가하는 치밀함과 정교함을 느낄 수 있다.

우리 문화사에 새롭게 등장한 이 소설을 모티브로 하여 우리에게도 '스타워즈'와 같은 대작이 출현할 수 있는 기반이 마련되었다고 생각한다. 또한 단전호흡 등을 통해 우리 고유의 수련법을 접했으나 그 깊이에 만족할 수 없었던 약 100만 정도의 수련 인구들에게

는 헤아릴 수 없이 깊은 수련의 정수를 이지함의 수련 과정을 통해
서 생생하게 느낄 수 있는 기회가 될 것이다.

　우리 역사의 한 획을 긋게 될 대작의 출발을 독자의 한 사람으로
서 기쁘게 생각한다.

2003년 3월

도서출판 수선재 대표 이상훈

차 례

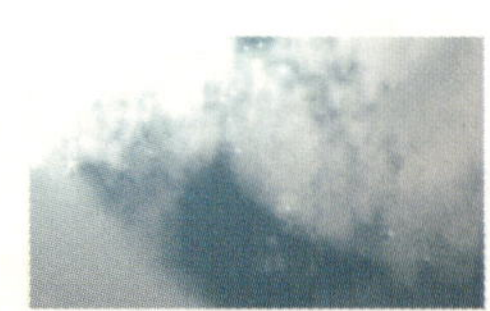

"하늘에 모든 것을 맡기고

나의 모든 것을 진화시켜 달라고 하라.

무심치 않을 것이다."

프롤로그__ 나의 별 메릴린스

나의 별 메릴린스

1

　어느 날 먼 우주의 별에서 한 가닥 빛의 이동이 있었다. 이 빛의 움직임은 그 별을 관장하는 선인(仙人_깨달음을 얻어 우주의 일부가 된 이)의 생각이 변하였음을 나타낸 것이었으며, 이 빛의 변화는 곧 우주 공간의 기운의 변화로 나타난다.

　메릴린스 성(星)의 성주(星主)는 미르메트(토정 이지함의 전생)이다. 미르메트는 요즈음 한 가지 고민에 빠져 있다. 새로움을 추구하는 그의 성격이 기발한 생각을 떠올리게 했는데 현재의 메릴린스 성에서 추구하기에는 어려움이 따르는 일이기 때문이다. 그의 생각을 실천에 옮기려면 다른 별에서 시행해야 하는데 그 별을 찾기가 쉽지 않기 때문에 자나깨나 그 생각에 골몰해 있는 것이다.

　선인들은 우주의 기동(氣動_기운의 움직임)을 흐트러뜨리지 않고 일을 하여야 하며, 어떤 일도 우주에 도움이 되어야 한다.

　미르메트는 이 원칙을 누구보다도 잘 알고 있다. 따라서 현재의 자신의 입장에서 하고 싶은 바가 있어도 그의 뜻대로 하면 안 되는 것이다. 요즈음 미르메트는 바로 이 '자신의 생각을 외부로 나타내지 않기 위하여' 너무나 끙끙 앓고 있는 것이다.

　우주란 선인들의 세계이며 선인들은 생각하는 것 자체가 바로 외부로 표현되므로 이것을 표현하지 않기 위하여서는 상당한 노력을 하여야 한다.

　선계(仙界_선인들이 살고 있으며 우주를 다스리는 곳)의 계율 제1조는 우선 자신을 통제할 수 있어야 한다는 것이며, 자제력과 기력(氣力)의 조화는 선인에게 있어 가장 기본적인 조건인 것이다.

　그러나 선인들에게도 가끔 자신의 세계에서 벗어나 다른 경험을 하고 싶은 욕망이 불러일으켜지는 경우가 있었다. 이러한 기복은

주로 5등급* 이하의 선인들에게서 일어나고 있었으나 다만 그 횟수가 다를 뿐이었다. 이를테면 5등급의 경우 1000년에 한 번, 4등급은 800년에 한 번, 3등급은 600년에 한 번 정도 발동하되 발동의 강도 역시 5등급은 진도 1, 4등급은 진도 3, 3등급은 진도 5 정도였다. 진도 1이면 생각만으로 지구에서 태풍이 부는 것과 같은 수준의 기운의 변화를 가져올 수 있는 것으로서 우주에서는 가장 작은 범위의 기동(氣動)에 속하는 것이었다.

따라서 선인들은 기분의 변화만으로도 우주에서는 상당한 움직임을 가져올 수 있으므로 상당히 주의 깊게 행동하여야 하는 것이었으나, 주의 깊게 행동하는 것만으로는 본래의 기질이 숨겨지지 않아 내부적인 기운의 변화를 외부로 표출하지 않기 위하여 상당한 노력을 하여야 하는 경우도 있었다.

이러한 억제 노력은 상당한 기력의 감소를 불러오기도 하는바 미르메트의 경우 기력의 삼분의 일 정도가 저하될 정도로 고통을 받고 있었다. 기운의 감소는 일시적인 현상이며 인간의 경우 수련으로 보충이 가능하나, 선인들은 자연스레 보기(補氣)가 되므로 인내하면 마음만 다소 힘겨울 뿐 별다른 동정은 없었다.

---

*선계에는 최고등급인 10등급에서 최저등급인 1등급까지의 선인들이 있다. 선인들은 사명을 받거나 재수련의 필요가 있을 때 타 별에 태어나 인간으로서 한 생을 살아가게 된다.

· 3 ·

그러나 미르메트는 재수련(修鍊_힘이나 정신을 닦아 기름)의 필요성을 깊이 느끼고 있었던 차 드디어 단안을 내려야 할 시기가 왔다고 생각하였다. 이렇게 참고 있는 것보다는 새로운 수련의 길을 떠날 시기가 되었다는 생각이 들었기 때문이다. 새로운 수련은 현재의 자신이 있는 위치를 떠나 하는 것이 우주의 규칙이었다.

한 선인이 관리하던 우주나 별은 관리자가 없어도 얼마간(인간의 시간으로는 상당한 기간, 즉 5~6만 년간)은 스스로 작동이 되도록 되어 있었다. 허나 미르메트는 자신이 속한 메릴린스 성을 관할하는 타오(Tao_우주에서 지평선이라는 의미. 광대한 초원으로 산이나 나무조차 없는 지평선을 말한다) 은하의 라르 선인에게 자신의 수련 의지를 통고하였다.

라르 선인은 잠시 생각한 후에 미르메트의 수련을 허가하였다.

"그래, 무슨 수련을 하고 싶으냐?"*

"자신을 변화시켜 보고 싶습니다."

"어떻게 변화시키겠느냐?"

---

*선계의 대화이므로 기이(氣耳)로 듣는다.

"만물을 소생시키는 힘의 원천을 알고자 합니다."

"어떻게 알 수 있겠느냐?"

"수련으로 가 볼까 합니다."

"어떻게 간다는 것이냐?"

"가는 데까지 가겠습니다."

"이미 수련은 할 만큼 하지 않았느냐?"

"그러하지 않습니다. 아직 갈 길이 많이 남았사옵니다."

"그렇게 가 보고 싶으냐?"

"그렇사옵니다."

"어디로 가겠느냐?"

"수련을 할 수 있는 별로 가고 싶습니다."

"그러한 별을 알아나 보았느냐?"

"예."

"어느 별이냐?"

"아스(Earth)입니다."

"어디에 있더냐?"

"마린(크고 넓은 바다) 성단, 아류(항상 빛나는 별들) 은하계, K-78 아루이(항상 샘솟는 샘물) 은하의 한 귀퉁이에 있습니다."*

"그 별이 어느 면에서 수련에 적당하다고 생각하였느냐?"

"우주의 모든 파장이 전부 우러나올 수 있는 별이옵니다."

"우리 은하에도 그러한 별이 있지 않느냐?"

---

*우주에서 방향을 결정지을 때는 우주 나름의 규칙이 있다. 가장 중심이 되는 은하의 이름을 따서 해당 은하계를 부르며, 이 은하계는 수백 개의 은하로 구성된다. 이 수백 개의 은하가 중심 은하의 지도하에 운영되고 있다.

"있긴 하옵니다만 그 별은 기복이 심한 점이 장점이옵니다."

"기복이라……."

"기복이 심해 사람을 살리기도 하고 죽이기도 하는 별이라고 들었사옵니다. 실제로 기운을 파악해 보니 그러한 기운이 나오고 있었사옵니다."

"그 기운의 어떤 점이 좋더냐?"

"그 기운이 만물의 생로병사를 이끌고 있었사옵니다."

"맞다. 그 기운은 모든 것을 살리기도 하고 죽이기도 할 수 있는 기운이나 그것은 표면적인 것일 뿐 그것을 움직이고 있는 근본적인 기운을 알아보면 공부가 많이 될 것이니라."

"알겠습니다."

"그러한 공부를 하면 많은 도움이 될 것이나 후진(後進_수련이 후퇴함)도 생각할 필요가 있느니라."*

---

*선계를 떠나 수련에 들 때는 우주에서 가지고 있던 모든 것을 버리고 맨몸으로 수련을 시작해야 한다. 잘못하면 그간의 모든 것을 희생할 수도 있어 대단한 각

"후진은 각오하고 있습니다."

"한번 해 보아라. 유혹에 빠지지 말고 수련에 정진토록 하여라."

· 4 ·

미르메트는 메릴린스를 떠날 준비를 하였다. 준비라야 자신이 빠져 나간 자리를 메우는 정도로 약간의 기운을 고르기만 하면 되었으므로 잠시의 시간이 걸렸다.

어느 정도 거리를 두고 메릴린스를 바라보았다. 커다란 쟁반처럼 보이는 정든 별 메릴린스. 지금까지 자신이 하나하나 정성 들여 가꾸어 온 메릴린스가 밝은 청색으로 빛나고 있었다. 우주에서 가장 아름다운 별 중의 하나라고 생각하던 별이었다.

미르메트는 메릴린스를 가만히 안아 보았다. 메릴린스가 포근히 안겨 왔다.

"나의 별 메릴린스!"

자신이 선계에 입적한 후 처음으로 관리를 담당했던 별이었다. 수련을 한 이후 고향과 같은 별이었다. 우주에서 처음 정을 주었던

오를 해야 하는 고난도의 수련과정이나, 어려운 만큼 극복했을 때 얻는 것도 많다.

별이었다. 하지만 다시 돌아올 곳이므로 잠시 자리를 비우는 것이
라 그리 큰 서운함은 없었다.

· 5 ·

　미르메트는 태양계 제4별 아스(그 별의 사람들은 지구라고 부름)를
향하여 의식을 집중하였다.
　우주는 상대적이라 절대적인 시간의 개념이 없는 선인들도 업무
상의 편의를 위하여 시간의 개념을 설정해 놓고 있었다. 상당히 짧
은 시간도 길게 쓸 수 있고, 긴 시간도 짧게 쓸 수 있는 그들이므로
시간에 구애받는 일은 없어 순식간에 이동할 수 있었으나 메릴린스
가 마음에 걸려 가급적 천천히 지구로 향하였다.

제1막__미르, 재수련에 들다

미르, 재수련에 들다

· 6 ·

아프리카의 어느 곳. 하늘에서 작은 기운이 내려오고 있었다. 누구에게도 느껴지기 어려울 만큼의 아주 작은 기운이었다. 가벼운 산들바람 같은 기운이 이리저리 기웃거리고 있었다.

미르메트(이후 미르로 호칭)가 자신이 수련할 곳을 찾고 있는 중이었다. 아직 몸체를 갖지 못한 미르는 대양을 넘고 산맥을 건너 구름을 통과하며 자신의 자리를 찾고 있었다.

라르 선인으로부터 들은 바에 의하면 지구는 수백만 가지 기운으로 조화를 이룬 곳이며, 이러한 기운은 우주 전체를 통틀어 많지 않다고 하였다. 이러한 기운이 있는 곳은 600여 개 은하를 통틀어 1개 정도 있는 진기한 별이므로 기운의 손상이 없도록 하라는 주의를 받았다. 이러한 별들은 수련에만 사용하여야 하며 다른 목적으로 사용하면 안 된다는 것이었다.

"수련에만 사용하라! "

라르 선인의 음성이 귀청을 때렸다.

지구의 수많은 곳들을 돌아보는 데만도 여러 날이 걸렸다. 참으로 많은 기운들이 조화를 이루고 있었다. 이렇게 다양한 기운들이 널려 있을 수 있다는 것은 하나의 경이였다.

자신이 관할하던 메릴린스는 불과 수백 가지 기운으로 구성되어 있지 않았던가! 물론 수백 가지 기운이 다양한 혼합을 하면 수만 가지 기운으로 변할 수도 있었지만 지구의 기운은 그러한 것이 아니었다.

원래가 수만 가지 기운으로 태어난 별이었다. 수만 가지 기운들이 서로 혼합과 조화를 이루어 수백만 가지 기운들이 널려 있는 것이었다. 살고 있는 생물들도 너무나 다양하였으며 어느 것이고 한 번쯤은 함께 해 보고 싶었다.

사슴이나 노루가 되어 산과 들을 뛰어다니고 싶기도 하였고, 거북이나 물고기가 되어 물속을 헤엄쳐 보고 싶기도 하였다. 그런가 하면 새가 되어 하늘을 날아 보고 싶기도 하였다.

몸을 가지지 않은 상태하에서는 행동에서 아무런 제약을 받지 않는다. 지구에서 구경을 하다가 선계로 가면 그뿐이며 다시 메릴린스의 성주로 간다고 해도 그뿐이었다. 하지만 일단 몸을 가지게 되면 철저히 그 몸의 기능에 종속되어 그대로 생활해야 한다고 했다.

어떠한 몸을 가질 것인가 하는 생각으로 며칠을 보냈다. 다행인 것은 지구의 크기와 질량이 메릴린스와 비슷하여 적응하는 데는 별 부담이 없다는 것이었다.

지구라는 별이 수련을 위해 창조된 별이므로 일단 지구에서 한번 몸을 받으면 다시 메릴린스로 가고 싶어도 수련을 마치기 전까지는 돌아갈 수 없게 될 것이다. 지구를 포함하여 수련을 위해 창조된 별에서는 특별히 '윤회(輪廻)'라는 법칙이 있다고 들었다. 몸을 받고 나서도 수련에 진일보한다는 보장은 없었다. 수련이란 지구에서 태어나 자신이 가야 할 길을 다시 찾을 때까지는 망각하고 사는 것이기도 하였다.

지구의 낮과 밤은 정말로 다른 세계였다. 메릴린스는 두 개의 태양이 존재하므로 밤이 없는 세계였으나 지구가 속한 태양계는 태양이 하나밖에 없어서 밤에는 전혀 다른 또 하나의 세상이 펼쳐지고 있었다.

이 전혀 다른 세상은 모든 것이 절반씩으로 구성되어 있었다. 지구는 선악과 귀천, 음양 등 모든 것이 절반씩으로 이루어져 있어 항상 균형이 흐트러지지 않고 있다고 하였다. 선의 씨앗도 절반이며 악의 씨앗도 절반이므로 정확하게 균형을 유지하고 있다고 들었다. 이러한 균형을 정확히 느낄 수 있는 것이 바로 밤과 낮이었다.

밤은 낮과는 전혀 다른 세상을 보여 주고 있었으며 이 같은 밤을 구경하는 것은 또 하나의 즐거움이었다. 밤에는 활동하던 모든 것들이 대부분 잠들어 있었으나 반대로 밤에만 나타나서 활동하는 것들도 있었다. 또는 밤낮을 가리지 않고 며칠씩 활동하다가 다시 며칠씩 쉬는 불규칙한 것들도 있는 등 정말로 재미있는 다양한 현상이 여러 곳에서 동시에 나타나고 있었다.

낮의 기운은 밝고 활동적이며 모든 것이 살아 움직이는 것이었다. 밤의 기운은 반대로 냉하고 습하며 어두웠다. 기(氣)적인 시간으로 보는 것이므로 빛의 존재 여부는 시각의 인지와 별 관계가 없었으나 지구의 만물들은 빛의 유무에 절대적인 영향을 받고 있는 것 같았다. '빛의 힘이 이렇게도 사용되고 있구나.' 하는 것을 알 수 있었다.

지구에서 빛의 힘은 절대적이었다. 빛은 양이었으며, 선이었고, 광명이었으며, 음을 무찌르는 무기였다. 빛을 가지고 있는 자들은 힘을 가지고 있었으며 힘을 이용하여 다양한 권한을 행사하고 있었다. 하지만 항상 이들의 세상인 것은 아니었다. 밤이 되거나 정신적인 암흑기가 되면 다시 음의 세계로 들어가게 되며 이러한 과정이 반복되어 온 것이 바로 지구의 역사였다.

따라서 장기적으로 수만 년간 머물 것도 없이 수천 년간의 역사만 보아도 지구의 모든 것을 전부 알 수 있을 것 같았다. 하지만 그렇다고 해서 완전히 같은 것은 없었다. 모든 것이 서로 비슷한 것 같으면서도 달랐다.

거의 완벽히 정제된 메릴린스의 기운은 동일한 기운이 상당 부분 몰려 있었다. 그 기운들은 비슷한 활동과 비슷한 형태로 존재하였으며 설사 다르다고 해도 별 차이가 없었다. 하지만 지구에서는 전혀 다른 상극의 기운이 존재하고 있었다. 이렇게 양극의 기운이 동일한 공간에 존재한다는 것이 지구의 매력이자 수련에 도움을 주는 요소인 것 같았다.

새로운 것을 좋아하는 성격의 미르는 점차 지구의 매력에 이끌리기 시작했다.

지구의 기운은 서로 충돌하고 융화하는 가운데 끝없이 새로운 기운을 만들어 내고 이 새로운 기운이 다시 투쟁과 융화를 반복하여 또 다른 새로운 기운을 형성하고 있었다. 이러한 과정을 거쳐 태어난 기운들이 각기 하나의 몸체를 가지고 활동하고 있었다. 지구의 생물들은 살아 움직임을 직접 기운으로 표현하는 경우가 거의 없었다. 반드시 어떠한 유형의 몸체를 가지고 있었으며 몸체를 통하여 일을 하고 있었다.

이 몸체는 지구에 있는 영체(靈體)들의 격을 높이거나 낮추는 일을 할 수 있도록 하는 기능을 가지고 있었는데 이러한 기능을 이용할 줄 알면 영격(靈格)의 상승이 가능하였으나 그 기능을 사용할 줄 모르면 영격이 하락하는 경우도 있었다. 그러므로 물(物)의 사용 여부는 영체가 몸을 가지기 전에 반드시 확인해 두어야 할 부분이었다.

'나는 어떠한 몸을 가지고 수련에 들 것인가? 어떤 종류의 몸이라야 가장 효과적으로 수련에 들 수 있을 것인가?'

미르는 다양한 지구의 기운의 주변을 기웃거리기보다는 이번에는 그 기운의 속으로 지나가 보기로 하였다. 다양한 기운의 외양만 보는 것이 아니고 내부를 확인해 보면 더욱 재미있는 일들이 있을 것 같았다.

제일 처음에는 풀들의 속을 한번 지나가 보았다. 풋풋한 내음이 느껴졌다. 그 기운을 통과하자 무엇인가 새로운 기운이 자신의 속으로 배어든 것 같았다. 이것이 풀의 기운인가 생각되었다. 다양한 풀들이 있기에 그 안을 한번씩 통과하자 각기 다른 기운이 느껴졌다. 어떤 것은 냉하였으며, 어떤 것은 온기가 느껴졌고, 어떤 것은 속성으로 자라는 것이 있는 반면, 또 어떤 것은 아주 더디게 자라는 것도 있었다.

또 서로 비슷한 것 같으면서도 전혀 다른 것도 있었다. 풀잎의 아래위와 같은 작은 공간 속에서도 음과 양이 공존하고 있었다. 이렇게 미세한 기운 속에서도 음양이 구분되다니 지구란 참으로 재미있는 곳인 것 같았다.

이들은 이렇게 미세한 기운의 변화를 통하여 성장하고 변화하며 끊임없이 만들어 내고 있었다. 이렇게 다양하고 미세한 기운은 메릴린스에는 거의 없었다. 거기에는 대부분의 기운이 동일한 물질로 이루어져 있어 기운이 단일하였으며, 구성이 단조로운 면이 있었다. 상당히 정제된 물질로서 원자를 구성하고 있는 백만 개 정도의 구성 분자에 한 개 정도의 이상이 있을까 말까 하는 정도였다.

그 같은 순수한 물질을 상대하다가 복잡하고 다양하며 만나는 것마다 기운이 다른 지구의 물질들을 대하니 머리가 혼란스러워져 왔다. 그 기운의 본질이 무엇인지 확인하려 하였으나 금방 손에 잡히는 것은 없었다. 하지만 무엇인가 이해할 수 있는 실마리가 있을 것 같았다. 우선 다양한 기운의 실체를 접해 보고 어느 정도 파악한 후 깊이 알아보는 것이 순서일 것 같았다.

앞에 나타나는 모든 기운들을 피하지 않고 전부 섭렵해 보았다. 어떠한 물체는 한 가지 속에도 다양한 기운이 있는가 하면 상당히 커다란 한 가지 기운으로 구성된 경우도 있었다. 음양의 구분도 상대적인 것이어서 한 가지가 때로는 양도 되는가 하면 음도 될 수 있는 것이었다. 음과 양의 구분은 절대적인 것이 있는가 하면 그렇지 않은 것도 있었다. 그러나 좀더 정제된 기운일 경우에는 양자의 구분이 명확해졌다.

메릴린스의 모든 물체는 기운의 구분이 명확하므로 더 이상의 혼란이 없었다. 미르는 지구의 모든 기운을 섭렵해 보기로 하였다. 앞에는 수많은 기운들이 널려 있었으며 하루에 상당히 많은 것을 느껴 볼 수도 있을 것 같았다.

하지만 깊이 있게 알아보기 위해서는 한 가지라도 세밀하게 느껴 보는 것이 필요하다는 생각이 들었다. 미르는 우선 단세포적인 것부터 탐구하기 시작하였다. 자신을 이리 밀고 저리 미는 바람을 타고 자신의 기운을 맡겨 보았다. 이리저리 기운이 밀려 나갔다.

바람의 실체는 지구의 대기가 압력에 의해 움직이는 것이었다. 작은 기운마저도 균등하게 배치하기 위하여 항상 움직이고 있었다. 바람은 살아서 움직이는 하나의 생명체였다. 바람으로 이동하는 기운의 양도 양이거니와 바람이 없으면 지구의 모든 것은 생존이 불가능한 구조를 가지고 있었다. 공기의 압력 조절은 물론 기운의 이동도 바람에 의해 이루어지고 있었다. 또한 바람의 힘은 지상의 모든 것이 상호 간에 생명을 유지할 수 있도록 해 주는 역할도 하고 있었다.

메릴린스에는 없는 것이었다. 메릴린스에는 기운이 균등하게 배치되어 있어 바람의 이동 같은 것은 필요치 않았다. 기운은 기선(氣線)을 타고 이동하므로 바람 같은 물질의 이동이 필요 없었다.

하지만 지구의 기운은 바람에 의해 이동하는 것이 거의 절반은 되는 것 같았다. 이러한 기운의 속으로 우주의 기운이 스며들어 있어 바람의 방향을 잘 타면 우주의 기운을 받아들일 수 있는 구조였다.

우주의 기운을 균등하게 받는 곳은 지상의 모든 것이 기세 좋게 성장하고 있었으며 우주의 기운을 잘 받지 못하거나 편중되게 받는 곳은 받는 기운의 영향이 그대로 나타나서 사막이 되거나 생물체가 거의 자라지 못하는 조건을 갖추고 있었다. 바람의 영향을 잘만 이용하면 상당한 양의 기운을 적절히 이용할 수 있을 것 같은 생각이 들었다.

바람……. 이러한 유형의 개체 이동이 있음은 새로운 발견이었다. 미르는 기운을 전달해 주는 다른 매체를 확인해 보기로 하였다.

다른 매체는 바로 '물'이었다. 물은 기체보다 훨씬 더 많은 양의 기운을 운반하고 있었다. 기운의 밀집도는 바람에 비하여 10배 이상 되었다. 하지만 내부적인 구성에 따라 바람처럼 운반하는 양이나 질이 달랐다. 별로 밀도가 높지 않으면서도 상당한 기운을 운반하고 있었고, 운반하는 기운이 모든 생물체에 잘 전달되고 있었다.

물이 없으면 존재가 불가능한 별이 바로 지구였다. 지구에는 물과 바람이 혼합된 형태의 것들이 존재하고 있었는데 그것이 바로 구름이었다. 구름의 역할 역시 기운의 이동이었다. 기운으로만 느껴지던 것들을 몸으로 느낄 수 있도록 해 주는 것이 바로 구름이었다.

지상의 모든 것들은 물과 바람에 의해 생명을 부여받고 있었다. 하찮은 식물에도 물과 바람이 생명을 전달해 주고 있었으며 동물은 물론 이것이 없으면 생명을 부지하기가 어려울 정도로 절대적인 영향을 미치고 있었다. 순간적으로는 없어도 되지만 그럴 경우에도 치명적인 영향을 미치고 있었다.

· 10 ·

미르는 다른 요소가 있는지 알아보았다.

있었다.

지상의 모든 것을 태어나게 하고 성장하도록 하는 것은 기운의 내부에서 진동수를 조절하여 물체를 환경에 적응할 수 있도록 하는 그 무엇이 있기에 가능한 것이었다.

'열'이었다. 이것의 조절로 지상의 모든 것들은 자신을 유지할 수 있었다. 살아 있는 것들은 생명이 다하는 순간까지 이것을 가지고 있는 것이었다. 생물체의 내부에서 생물체의 파장을 조절하여 일정한 온도를 유지할 수 있도록 하는 것, 이것은 또 하나의 생명의 비밀이었다.

지구의 모든 것은 조절하는 시스템이 생명체의 내부에 존재하고 있었다. 때로는 복잡하기도 하였고, 때로는 단순하기도 하였지만 기능은 역시 자동적으로 생명을 유지할 수 있도록 하고 있었으며, 이 장치가 작동을 정지하면 생명을 반납하고 원래의 모습으로 돌아가 다시 생명을 받아 태어날 수 있기를 기다려야만 했다.

모든 것들이 어떠한 시스템에 의해 자동으로 이루어지고 있었다. 이 시스템은 완벽하게 작동하는 것은 아니었지만 거의 모든 것을 커버하고 있었다. 이러한 자동장치가 있음은 뜻밖이었다. 지구의 모든 것은 대부분 미개한 것으로 여겨 왔고, 그 시스템이 기운의 힘에 의해 작동되는 것으로 알고 있었으나 기운을 통제하고 제어하는 장치가 각 생명체의 내부에 별도로 마련되어 있음은 뜻밖이었다.

이 장치가 작동되는 것을 알고 난 이후 미르는 기운을 한번 시험해 보았다. 바람과 물을 흐르는 방향의 반대 방향으로 돌려 보았던 것이다. 그러자 강력한 기운이 소용돌이치며 밀려오는 것이었다. 계속하다가는 지구의 자전 방향까지도 이상하게 될 판이었다. 미르는 역으로 기운을 작동해 보려던 시도를 멈추었다. 그러한 방법으로 지구의 기류(氣流_기운의 흐름)를 시험해 보는 것은 지구에 대한 예의가 아닌 것 같았다.

이번에는 기운을 타고 움직여 보기로 하였다. 기운은 항상 흐르고 있으므로 기구를 타고 이동하듯이 그저 타고 있기만 하면 되었다. 미르는 산들바람 같은 자그마한 기운을 타고 움직이기 시작하였다. 작은 기운을 타고 움직이는 것이 주변을 살피기 좋을 것 같아 서였다.

미르의 미기(微氣_미약한 기운)가 처음에는 허공을 맴돌다가 어느 한 식물의 잎으로 들어갔다. 그러자 그 잎 속에서는 엄청난 기운의 교류가 일어나고 있었다. 식물의 표면에서 내부 기운과 외부 기운이 엄청난 속도로 서로 위치를 바꾸고 있었다. 상호 간에 대립되는 기운이 서로 급속히 자리를 바꾸고, 바뀐 기운들이 서로 반대되는 기운으로 바뀌는 것이었다. 이것은 도저히 이해가 되지 않는 광경이었다.

양이 음으로 바뀌고는 다시 음이 양이 되어 음과 위치를 바꾸고 하는 것이었다. 그러나 가만히 보자 이러한 기운의 변화를 통하여 식물의 세계가 유지되고 있었다. 식물들의 생명을 유지하여 주는 것은 이러한 시스템의 가동을 통하여 이루어지는 것이었다.

움직일 수 있는 생명체는 움직임이 있음으로써 기운의 변화가 이루어지고 있었으나 움직일 수 없는 생명체의 경우 생명을 이어 가기 위하여 자체의 내부에서 치열한 기의 변환이 있었다. 이러한 기의 변환은 지속적으로 성장하고 후손에게 다른 생명을 이어 줄 수 있을 만큼의 기운들을 생명체의 내부로 공급하여 주고 있었다.

식물의 경우도 스스로 자신의 의사를 가지고 있을 것 같았다. 자신의 의사가 어떠한 형태로든 나타날 것 같았으며, 나타난 형태의 의사는 외부에서 알아볼 수 있는 방법이 있을 것 같았다.

기(氣)로 구성된 선인의 경우 의사 결정은 자신의 상단전(上丹田)

에서 하되 이것을 시행하는 것은 우주에 연결된 우주선(宇宙線)을 통하여 이루어지므로 과정이 상당히 신속하였다.

그러나 물질로 구성된 지상의 생명체는 기운의 이동이 신속하지 않은 경우가 있었다. 생명체의 진보가 상당한 시간을 두고 이루어지므로 많은 시간이 걸리는 경우가 있었으나 우주에서는 시간의 개념이 없으므로 시간의 지연은 지상에 있는 경우를 제외하고는 별로 의미가 있는 것은 아니었다.

미르가 보고 있던 생명체는 풀이었으므로 이번에는 좀 더 큰 생명체로 들어가 보기로 하였다. 우주에서 온 미르의 경우 지상으로 내려온 이후 고저와 대소, 강약에 대한 감각이 우주에 있을 때보다 상당히 약화되어 지상의 감각으로 변하여 가고 있었다. 고저의 개념이 약해졌으므로 아무 곳이나 들어가도 살펴보는 데는 별 지장이 없었다.

종전 같으면 얼마만큼 높은지 낮은지가 주는 영향에 대하여 상세히 살펴보고 위치를 결정하여 주었으나 이곳 지구에서는 사전에 지정된 듯 미리 정해진 위치가 있었으므로 그러한 면에 대하여 신경을 쓸 필요가 없었다. '신경을 쓰지 않고 사물을 바라볼 수 있다는 것이 이렇게 가벼운 것이구나.' 하는 것을 느낄 수 있었다.

오직 관람자의 입장에서 바라보는 지구는 정말 아름답고 생기 있게 보이는 가운데 치열하고 뜨거운 삶을 위한 노력이 벌어지고 있는 곳이었다. 아직까지 우주에서 이렇게 아름다우면서도 탁기(濁氣)가 공존하고, 혼란스러운 듯 하면서도 상당히 정돈된 극한의 개

넘이 자연스레 공존하는 곳은 없는 듯 싶었다.

식물의 어느 부분을 들어가 보아도 상당히 신속하고 안정된 동작으로 기운이 자체의 내부에서 작동되고 있었다. 어느 식물을 막론하고 탁한 기운을 느껴 보기가 어려울 만큼 정제된 기운이 나오고 있었다. 허나 이들 간에도 뚜렷한 질서가 유지되고 있었다. 동물 역시 자연스럽게 기운이 유통이 되고 있는 것은 마찬가지였으나 동물이니만치 기운의 유통이 한결 극심하였다.

식물은 기운이 유통될 때 강약의 차이는 있었어도 편차가 심하지 않았다. 양기가 승한 낮에는 비교적 강하다가 음기가 승한 밤에는 다소 주춤하기는 하였으나 대체로 항상 기운이 유통되고 있었다. 그러나 동물의 경우 기본적인 구분은 있었으나 시도 때도 없이 기운이 활발해지기도 하고, 잠잠해지기도 하였다. 낮에 잠을 자는가 하면 밤에도 활동을 하여 이러한 구분이 다소 흐려지는 경우도 있었다.

• 11 •

이러한 생물체 중에 인간이란 것이 있었다. 선인의 모습과 흡사하며 선인의 단계에 거의 가까이 가 있는 파장을 발산하는 인간이 있는가 하면 미물에 가까운 파장을 발산하는 인간도 있었다. 다른 짐승들은 대부분 동일한 종류끼리는 비슷한 파장을 발산하였다. 하지만 인간의 경우는 전혀 달랐다. 전혀 다른 파장을 동일한 생명체가 가지고 있었다.

파장의 차이에 따라 행동 방식도 달랐다. 때로는 내부의 파장과 외부의 파장이 다른 경우도 있었다. 내부의 파장을 들키지 않기 위해 외부에는 다른 파장을 내보내고 있는 것 같았다.

고급 파장을 가지고 있는 인간들은 아마도 선인들이 수련을 위해 내려왔다가 자신을 거의 찾은 경우인 것 같았다. 아직도 미흡한 파장을 발산하고 있는 경우는 수련차 내방하였으나 아직 자신을 찾지 못하고 있는 경우인 것 같았다. 하급 파장을 발산하는 인간들은 원래 지구의 토종들이거나 아니면 동물에서 진화한 인간 초급생인 것 같았다. 동물에서 진화하면 인간 초급생인 것만으로도 상당한 기쁨이 될 것이었다.

하지만 지구의 모든 영들은 출생과 함께 전생의 연(緣)을 망각하도록 프로그램되어 있는 것 같았다. 만약 망각이 없었다면 지구의 경우 이러한 조건 속에서 상당한 발전을 이룩하였을 것이기 때문이다.

바다와 산, 하늘과 땅, 다양한 생물들과 선인의 파장까지도 발산이 가능한 인간들……. 선인의 파장을 발산하는 것이 가능하다면 선계와의 대화 역시 가능할 것이었다. 선계와의 대화가 가능하다면 선계의 지식이 상당 부분 지상에 내려와 있을 것이었다.

미르는 지구에 온 이후 자신의 감각이 상당히 무뎌졌음을 깨달았다. 우주에 있을 때는 이러한 경우 즉시 어떠한 것이든 정보가 입수되었을 것이지만 지상에서는 찾아야 나타나는 것이었다. 이것이 지구의 방식인 것 같았다.

미르는 지구의 모든 것을 샅샅이 알아보고 어느 생물체이든 선택하여 수련을 하고 싶었으므로 더욱 알아보기로 하였다. 대륙들도 여러 개가 있었으며, 바다도 정말 넓은 것이 많이 있었다. 미르는 자신이 지구의 기운을 타고 이동하다 보니 이렇게 움직임이 늦을 수밖에 없음을 깨달았다. 우주에서라면 어떠한 거리라도 신속히 이동이 가능하였다. 감히 시간을 지체한다는 것은 생각할 수도 없었다.

하지만 지구에서는 자신이 원하던 시간대를 놓치는 일이 빈번하였다. 지구의 시간표는 철저히 지구를 중심으로 회전하므로 우주와는 시간대가 다르기 때문이기도 하였지만 지구라는 환경이 선인이라고 해서 그냥 놓아두는 법이 없었다. 지구에서는 철저히 지구의 방식으로 생활하여야 하는 것이 규칙이었다.

이상한 기운이었다. 이러한 기운은 전에 다루 성에서 한 번 느껴본 적이 있었다. 다루 성은 파랄 은하계 제63은하의 주성(主星_해당 은하에서 가장 진보된 생물체가 사는 별. 따라서 가장 환경이 좋음)이다. 그 별에 잠시 수련차 갔을 때 이처럼 통제가 잘 되지 않는 기운을 느껴 본 적이 있었다. 그 후에는 지구가 처음이었다.

지구는 정말 배울 것이 많이 있었다. 모든 것이 새로웠고 다양했다. 아주 쉬워서 이러한 것들도 있구나 싶은 것이 있는가 하면, 우주의 개념으로 풀면 풀릴 수 있어도 인간의 개념으로 풀면 아직 풀리지 않을 만큼 어려운 부분이 공존하고 있었다.

미르 자신도 때로는 원리를 찾아내기가 어려울 정도의 것들도 있었다. 인간들은 이러한 것을 대함에 있어 자신의 역량을 동원하여 넘기고 있었다. 넘어가면 극복하는 것이고 넘어가지 못하면 극복하지 못하는 것이었다.

· 12 ·

지구의 기운에 대한 파악이 거의 끝나갈 무렵 미르는 자신의 수련에 적합한 생명체를 찾아보기로 하였다. 가급적 영적으로 진화된 생물체를 이용하기로 하였다.

식물의 경우 자체에 의사를 결정하는 시스템이 설치되어 있기는 하였고, 또 그것들이 자동적으로 운영되도록 설정되어 있었으나 무엇보다도 이동이 불가한 것이 가장 큰 결점이었다. 하지만 동물의 경우 자신의 의사 결정을 스스로 할 수 있는 비율이 높고 이동을 통하여 보다 적극적인 환경 설정이 가능하였다.

이 중에서도 가급적 파장이 정제된 생물을 선택해 보기로 하였다. 인간이 가장 적합할 것 같았다. 인간이되 어떠한 인간인가에 대하여 생각을 하고 있던 차 갑자기 옆에서 바람이 몰아쳐 오는 것이었다. 바람도 보통 바람이 아니고 기풍(氣風_기운이 몰려나가는 것)이었다. 좀더 생각할 여유를 가지고 지구를 살펴보려 하였으나 기풍이 거세게 밀어닥쳤다.

이미 반 정도는 지상의 환경에 적응된 터라 자신의 뜻대로 멈추어지지 않았다. 미르의 기체(氣體)가 하늘로 날아올랐다. 원래 자신의 몸은 기운으로 구성되어 있어 이렇게 지상의 기운에 밀려 날아가는 경우는 없었다. 그러나 오늘은 그것이 아니었다. 우주의 기운이 이렇게 자신을 밀고 나가는 것이었다.

아마도 이제부터는 자신의 뜻대로 되지는 않을 것 같았다. 모든 것을 우주의 섭리에 맡겨야 할 시점에 온 것 같았다.

수련에 들려 할 때 이러한 일이 벌어진다는 것은 알고 있었다. 전에 언젠가 자신의 뜻은 소용없고, 한참을 어떠한 터널을 빠져 나가듯 헤매다 보니 다른 세상에 와 있었던 것이다. 다른 세상이란 며칠이 지난 후 생각해 보니 그랬다는 것이지 그때는 그것이 다른 세상인지도 몰랐다.

미르는 어떻게든 자신의 의지로 무엇을 해 보려 하였으나 도저히 안 되자 모든 것을 포기하고 우주에 맡기기로 하였다.

하늘의 기운에 동화되어 하나가 되고자 하니 마음이 풀어지며 편해져 왔다. 기풍은 점차 거세어지며, 지상의 모든 것을 말아 올리듯 불고 있었다. 사방이 어두워져 왔다. 이제는 아무것도 보이지 않았다. 하지만 주변의 기운은 상당히 맑았다. 이렇게 기운이 맑으니 빛이 없이 어디로 가든 괜찮을 것 같았다.

기운에 동화되며 어둠의 나락에 떨어지기를 며칠 동안 하는 것 같았다. 자신의 주변에서 무엇인가가 형성되는 것과 의식이 사라져 감을 동시에 느꼈다. 이렇게 자신을 잃고 수련에 드는 것인가 싶었다.

갑자기 메릴린스가 생각났다. 어쩌면 다시 보지 못할지도 몰랐다. 수련에 든 이후 자신의 별로 돌아가지 못할 수도 있음을 들어서 알고 있었다. 자신의 별은 자신만의 별이 아니며 우주의 별이며, 수련에 든 이상 모든 것은 맡겨야 함을 알고 있는 까닭이었다.

'자ー, 수련이다. 지금부터는 모든 것을 버리고 수련에 들자. 내가 선택해서 한 일이 아니었던가!'

의식이 희미해져 가는 가운데 무엇인가가 나타나는 것 같기도 하였다. 주변 전체에 안개가 자욱히 서려 왔다. 앞에 보이는 것이 뿌옇게 되며 희미해져 가는 가운데 색깔이 흑백에서 컬러로, 컬러에서 흑백으로 변하며 무지갯빛이 소용돌이치고 있었다. 어두워졌다가 밝아지고, 밝아졌다가는 어두워지는 이 색들 사이로 무엇인가 보이는 것 같기도 하였다.

수련에 들기로 한 이상 자신의 마음대로 되는 것은 아님을 알고 있었다. 앞에 닥치는 모든 것이 수련이며 해결해야 할 과제인 것이다. 이 과제를 해결하느냐 못하느냐에 따라 자신의 역량을 측정해 볼 수 있는 것이기도 하였다. 수련에 든다는 의미는 곧 시험이며, 이 시험에서 합격하여야 선인으로서 자신의 가치를 더욱 높일 수 있는 계기가 되는 것이었다.

미르는 모든 것을 잊어야 함을 알았다. 이제 모든 것에서 떠나 완전히 새로우면서도 두려움이 함께 하는 미래로 가야 할 시점임을 깨달았다. 마음을 정리하고 무엇인가 더 하여야 할 것이 있는지 되새겨 보려는 순간 갑자기 앞이 환해 오며 의식을 잃었다.

나옹 선인의 천음

· 13 ·

바다였다. 한없이 넓은 바다에 둥둥 떠 있었다. 하늘에는 아무것
도 없었다. 무엇인가 있어야 할 것 같은데 아무것도 없었다. 하지만
전혀 이상하지 않았다. 이상하지 않은 것이 차차 아무렇지도 않게
느껴졌다.

이상한 것이 자연스러운 곳. 이곳은 아직까지 와 보지 못한 전혀 다른 세계였다.

'우주에 이러한 세계가 있었던가!'

아주 편하였다. 이보다 더 편할 수는 없을 것 같았다. 중력이 없는 것 같으면서도 있어 상하간이 방향은 지정되어 있는 것 같았지만 어떠한 자세로 있어도 편하였다.

본격적으로 수련에 든 것은 아닌 것 같았다. 전부 잊은 것 같다가도 다시 생각나는 것들이 있기도 하였다. 하지만 다시 생각나는 것들은 전에 자신이 해 왔던 일과는 달랐다. 이번에는 아무것도 알아서 해야 할 것이 없었다. 분명한 것은 자신이 가져왔던 기억들이 차차 사라져 가고 있음에 대한 인식이었다.

생각을 하려 해도 잘 생각이 나지 않았다. 전에는 너무나 당연히 생각났던 기억들이 전혀 생각나지 않았다. 바로 전의 일을 생각하려 해도 생각나지 않는 것이었다. 하지만 아주 지워진 것은 아니었다. 그간의 기억들이 어딘가에 존재하고 있음이 피부를 통해 느껴져 왔다. 다만 되돌려 생각하는 기능이 잠시 정지된 것 같았다.

지금은 그냥 있기만 하면 되는 것일까? 가만히 있으니 마음이 점차 평온해져 왔다. 하지만 때로는 다소 불편해지는 때도 있었다. 이러한 경우는 자신보다도 자신을 둘러싸고 있는 주위의 환경에 영향을 받는 것 같았다. 주위의 환경이 간접적으로 자신에게 영향을 미치고 있었지만 이 영향이 자신을 바꾸고 있음이 느껴졌다.

이제 스스로는 아무것도 할 수 없게 된 것일까? 자신의 의지대로 움직여 보려 하였지만 아무것도 움직여지는 것이 없었다.

'모든 것을 그대로 받아들여.'

스스로 자신에게 타일러 보았다.

· 14 ·

나락이었다. 끝없이 떨어지고 있었다. 며칠을 그렇게 떨어지는 것 같았다. 약간의 불안감이 들기도 하였으나 계속 떨어지고 있었다. 이렇게 많이 떨어졌는데도 더 떨어질 것이 있다니……. 참으로 우주는 경이로운 곳이라는 생각이 들었다.

상당한 시간을 그렇게 떨어지다가 이번에는 옆으로 밀리기 시작하였다. 똑바로 선 상태에서 아래로 떨어지다가 그대로 선 상태에서 옆으로 밀리는 것이었다. 도대체 중심을 잡을 수 없었다. 발바닥에 닿는 것이 아무것도 없는 상태로 허공에 뜬 채 그냥 밀리고 있었다.

얼마간을 그렇게 밀려 나가다 보니 바닥에 무엇인가 있는 것 같았다. 약 한 자 정도 아래에 거무스레한 것이 보이고 이것이 아주 서서히 올라오는 것이었다.

발바닥에 닿을 정도까지 올라오자 속도가 줄어들었다. 속도가 점점 줄어들며 발끝이 바닥에 닿을락 말락 스쳐 지나갔다. 드디어 지상에서 2~3센티 정도 위에 멈추어 서서 바닥을 내려다보자 바닥에는 그림이 그려져 있었다. 한 동자승이 득도 후 승천하는 그림이었다. 이 그림을 전에 어디선가 본 기억이 있었다. 극락전 벽에 그려져 있던 바로 그 벽화였다.

'이 벽화가 바닥에 있다니…….'

다시 보아도 틀림없이 그 벽화였다. 상당(上堂) 성(星) 극락전의 그 벽화가 분명하였다. 발끝이 벽화에 닿을까 싶어 얼른 발끝을 들어올렸다. 이 벽화는 선계에서도 별로 구경할 수 없을 정도로 귀한 것이었다.

선계 8등급 이상이 되어야 볼 수 있다던 그 벽화를 본 것이다. 벽화의 선명한 색깔이 무지갯빛으로 바뀌며 폭발하듯 솟아 올라왔다. 마치 다이너마이트가 폭발하는 것 같은 기세였다. 미르는 깜짝 놀라 옆으로 피하려 하였으나 이미 늦은 관계로 그 빛의 소나기를 그대로 덮어쓸 수밖에 없었다. 눈을 뜰 수 없을 정도의 빛 소나기가 가라앉은 후 언제 그랬더냐 싶게 다시 어둠이 깔려 있었다.

아무것도 변한 것은 없었다. 그런데 자세히 보자 자신의 옷이 달라져 있었다. 원래 자신이 입고 있던 무색의 옷이 황색으로 바뀌고 잔잔한 무늬가 그려져 있었다.

"자, 이제 가 보아라. 수련의 길은 끝이 없는 것이니 중도에 멈춤이 없이 갈 수 있도록 해라."

나웅 선인의 천음(天音)이었다. 수백 광년도 더 멀리 떨어진 곳에서 들려오는 소리였다.

나웅 선인은 라르 선인의 대부격인 분이시다. 미르는 아직 나웅 선인과 대화를 나눈 적이 없었다. 하지만 멀리서 나웅 선인을 뵌 적은 있었다. 그분의 목소리는 언제나 삼단전(상, 중, 하단전)으로 함께 들렸다.* 온몸을 울리듯 아주 기분 좋은 목소리였다.

선인들은 물론 자신이 대화를 하고자 하는 사람에게만 들리도록 할 수도 있었다. 이제 수련에 들 무렵 나웅 선인의 천음을 들은 것이다. 나웅 선인의 천음은 수련에 들고자 하는 선인들에게 들리는 것이라는 것을 알고 있었다. 나웅 선인의 천음을 들었으니 이제는 수련에 들어야 할 것 같았다.

"하늘에 모든 것을 맡기고 나의 모든 것을 진화시켜 달라고 하라. 무심치 않을 것이다."

진화가 가능함을 암시해 주는 말씀이었다. 자신 이외의 모든 수

---

*선계의 화법으로 '삼단전으로 함께 들렸다.' 함은 온몸으로 동시에 들었다는 것으로서, 상대방의 의념이 전달을 받는 사람에게 잊을 수 없을 만큼 강력히 전달되어 온 것임을 뜻하는 것이다.

련생들이 이러한 목소리를 들었는지에 대하여는 알 수 없었다. 하지만 아마도 그럴 것 같았다. 선계에 있었으면 생각만 하면 알아졌으므로 이러한 것을 알기 위하여 신경 쓸 필요가 없었다. 하지만 지상에 내려오니까 모든 것이 오리무중이었다. 작은 것 하나까지도 전부 생각에서 행동으로 알아내어야 했다. 누가 가르쳐 주지 않으면 알 수 없는 일들이 대부분이었다.

왜 이렇게 답답하게 일이 풀리는 것인지 몰랐다. 하지만 이러한 것을 통하여 한 가지, 한 가지 수련을 해 나간다고 생각하니 마음 한 구석에는 기쁨이 자라고 있는 것도 사실이었다. 답답함이 지식을 알도록 만들어 주는 이것이 바로 수련의 묘미인지도 몰랐다. 선인의 몸으로 있으면서도 지상에 있다는 이유만으로 이렇게 되는 것을 어떻게 설명하여야 할지 몰랐다.

미르는 어차피 수련에 들어야 할 바에는 빨리 들고 싶었다. 잠시 호흡을 가다듬고 기도에 들어갔다.

· 15 ·

'속히 수련에 들 수 있도록 하여 주시옵소서.'

"모든 것이 그렇게 마음대로 되면 수련해서 성공치 못한 사람이 얼마나 있겠느냐. 수련이란 대부분이 뜻대로 되지 않는 것이며, 뜻대로 되면 다 된 것이니라. 뜻대로 되면 무엇 때문에 선계와 다를 바가 있겠느냐. 뜻대로 되지 않는 것을 일구어 나가는 데서 보람을 찾을 수 있는 것이며 이것을 가지고 수련 결과에 반영하는 것이니라."

다시 나웅 선인의 응답이 들려왔다.

'맞다!'

수련이란 어쩌면 모든 것을 다시 배우는 과정이 아닐까 하는 생각이 들었다. 이러한 과정을 거쳐서 되는 것이라면 모든 것은 없어도 되었다. 지금까지 자신이 우주에 있으면서 해 왔던 일들이 전부 하찮게 느껴졌다. 이렇게 새로운 것이 있다는 것은 전부를 던져서라도 해 보고 싶은 것들이었다.

'아-, 이제 우주의 본체로 들어가서 모든 것을 찾아와 보자.'

제한된 조건 속에서 찾아낸 것이라면 그것은 정말로 해 볼 만한 것임에 틀림없었다. 그것은 하나의 커다란 기쁨일 것이다. 하지만 걱정이 앞서기도 하였다.

'나는 아무것도 아는 것이 없다. 벌써 나의 능력은 제한되고 있는 것 아닌가!'

이러한 능력으로 좋은 결과를 획득할 수 없음을 잘 알고 있었다.

'과연 자신 있을까?'

미르는 정말로 자신이 없을 때도 있었다. 그러나 새로운 도전이
란 그것만으로도 해 볼 가치가 있었다. 그것도 하물며 수련에 있어
서랴.

모든 것이 미궁 속이었다. 먼지 하나, 티끌 하나 아는 것이 없었
다. 진정 새로운 시작이었다. 다른 선인들 전부가 이렇게 고민을 거
듭하며 수련의 길에 든 것일까? 참으로 수련이란 쉬운 것이 아니라
는 생각이 들었다. 이렇게 어려운 것을 할 수 있을까?

미르는 선인으로 있으면서 오랫동안 느끼지 못했던 갈등이란 것
을 느껴 보았다. 우주에서는 갈등이 없었다. 모든 것은 갈 곳으로
가며 가야 할 곳을 사전에 알고 있는 까닭에 걱정을 할 필요가 없었
다. 하지만 지구는 그것이 아니었다. 전혀 알 수 있는 것이 없었다.
이것이 지구의 특성인지도 몰랐다. 이것이 지구의 특성이고, 이러
한 특성 속에서 수련하여야 한다면 상당히 어려운 것이 될 것이다.

인간의 몸은 다루기가 쉽지 않다고 들었다. 인간의 몸으로 어떠
한 일을 한다는 것은 상당히 구형의 장비로 큰일을 하려는 것과 같
았다. 그러면 어떠한 방법이 있는 것일까? 내 몸이라고 믿어도 되
는 것일까? 마음을 믿는 길밖에 없었다. 마음이라면 그래도 믿을
수 있을 것 같았다. 마음은 이제껏 나를 배신한 적이 없었다.

그러나 지구의 조건하에서 그럴 수 있을까? 지구의 조건은 모든 것이 자동화되어 있는 우주와 다르다. 이러한 악조건하에서도 마음이 나를 따라 줄 것인가?

이기는 게임이 하고 싶었다. 지는 게임이라면 할 필요가 없을 것 같았다. 하지만 이길 수 있는 비율은 그리 큰 것 같지 않았다. 승산이 없는 게임? 그럴 수는 없었다. 다만 얼마라도 승산을 만들어 놓고 시작해야 한다.

어떻게 해야 할 것인가? 생각의 바다는 의외로 넓었다. 인간의 몸으로 바뀌면 별로 생각할 것이 없을 줄 알았다. 하지만 너무나 많은 생각들이 꼬리를 물고 있었다. 이러한 정도의 생각이라면 우주의 자동화된 것보다 더욱 좋은 결과가 나올 수도 있을 것이다. 시간이 걸려서 그렇지 어쨌든 끝이 나올 수 있을 것 같았다.

'다른 모든 선인들이 그렇게 해서 수련을 한 것 아니었던가? 나만의 과정은 아닐 것이다.'

하지만 이제는 수련을 어떻게 하여야 하는지 물어볼 수도 없었다. 이미 우주의 대화법도 기능을 잃어 가고 있었다. 예전에는 아무렇지도 않게 발휘되던 기능들이 점차 사라져 가고 있었다.

또 다른 불안이 몰려왔다. 지금은 이 정도라도 생각하는 것이 있다. 하지만 인간으로 돌아가면 이 이하가 되어 사고력도 없어지는 것이 아닐까? 아마 그럴지도 모른다. 하지만 이제까지 그러면서도 또 방법이 나오지 않았던가?

그러나 어차피 수련을 위하여서는 사람의 몸으로 들어가야 할 것이었다. 사람의 몸이란 어떠한 것인가를 동물을 보면서 살펴본 적이 있었다. 사람의 몸은 극히 정교하면서도 고장나기 쉽도록 되어 있었다. 이러한 몸을 가지고 수련을 한다는 것은 고장이 잘 나는 우주선을 타고 장거리 항해를 하는 것과 같으리라.

허나 어차피 주어진 운명이었다. 미르는 자신이 운명이란 말을 사용하게 된 것이 한편으로는 우스웠다. 하지만 수련이란 대명제 앞에 이제는 한 인간으로서의 사고방식에 익숙해 있는 자신을 본다.

'이렇게 빨리 적응하는 것이구나. 그래, 수련이란 나 자신을 위하여 하는 것이고 이렇게 수련을 함으로써 자신의 등급을 올릴 수 있다니, 어차피 한 번은 겪어야 하는 것 아닌가?'

아무래도 좋았다. 이제는 돌이킬 수 없는 길로 온 것이다. 수련은 아무나 하는 것이 아님을 다시금 깨닫게 되었다. 예전에도 수련을 하였는데 지금의 기분과는 달랐다.

그때는 상당히 쉽게 한 것 같았다. 지금처럼 번뇌가 있었던가? 지금처럼 번뇌가 있었다면 수련을 하지 못하였으리라. 하지만 그때도 번뇌는 있었다. 보기(Bogi) 성(星)에서 인간으로서의 수련을 할 때도 역시 엄청난 번뇌 속에서 수련을 하였던 기억이 살아났다.

'그래, 이게 발전이야. 내가 선택한 번뇌이고, 이 번뇌를 통하여 나는 다른 차원으로 가는 것이다.'

선계에서의 한 등급은 차원이 달라지는 것을 의미하였다. 한 차원이란 인간으로 있으면서 느끼는 벼슬의 한 등급과는 다른 것이다.

인간의 경우 등급이 달라져도 하는 일에는 차이가 있을망정 인간 그 자체는 어디까지나 유한하였으며 선인들이 무한한 능력을 가지고 그것을 우주를 위하여 사용하는 것과는 많이 달랐다. 자신을 위하여 역량을 사용하는 경우가 많았으며 미르 역시 인간으로 있으면서는 자신도 그랬음을 상기하였다.

사리 오므렌스

· 16 ·

'다시 유혹에 넘어가지 않을 수 있을까? 자신 있다고 할 수 있을까?'

예전에 보기성에서 수련할 때에도 수많은 유혹이 있었다. 그 많은 유혹 중에는 자신을 함정에 빠뜨려 망하게 할 만큼 커다란 유혹도 있었다. 하지만 그 유혹이란 것이 당시로서는 가장 절실한 것을 제의해 오는 것이 아니었던가?

외로울 때, 이 세상에서 혼자임을 느낄 때 그 허전함을 파고드는 유혹을 뿌리친다는 것은 가장 어려운 것 중의 하나이다. 자신을 알

아주는 누군가는 항시 있게 마련이고, 때에 따라서는 그것이 이성이라면 더 좋은 것 같았다. 하지만 보기성에서도 그 유혹에 빠져 머물 뻔하지 않았던가!

수련에서의 유혹이란 한편으로는 선인으로 존재하고 있으며 앞으로 보다 큰 용도에 쓰임새가 있음을 말해 주는 것이기도 하였다. 이 유혹을 정법으로 극복하고 나갔을 때는 보다 큰 보답이 있었지만 그렇지 못하였을 경우에는 선인으로서의 현재의 지위마저 포기하여야 할 때도 있었다.

'인간으로 있으면서 인간으로 사는 것도 괜찮은 방법이 아닐까?'

자신을 돌아보던 미르는 깜짝 놀랐다. 벌써 자신이 이렇게 판단력이 흐려져 있단 말인가! 아직 인간이 되기도 전에 이렇게 자신에게서 인간다운 면이 나오다니!

'이러고도 내가 선인이라고 할 수 있단 말인가! 내가 누군가? 메릴린스의 성주이자 선계 △등급, 미르메트가 아니던가? 수련을 시작하지도 않았는데 벌써 이것들이 나를 시험하는구나!'

'에이-, 이것들이……'

하지만 가벼운 유혹이었다. 무겁게 자신을 짓누르고 끌어당기는 유혹은 아니었다. 머릿속으로 지나가기는 하되 자신의 생각을 바꾸어 놓는 것은 아니었다. 가만히 생각해 보니 이번에 닥쳐오는 모든 것들은 예전에 인간으로 있으면서 받았던 유혹과는 무엇인가 달랐다.

'아직 선인으로 있어서 그런가?'

자신을 이렇게 흔들어 놓을 수 있는 파장을 보낼 수 있는 이는 적어도 동등하거나 그 이상이어야 했다. 가만히 파장이 오는 곳을 짚어 보았다. 미르는 자신에게 이러한 파장을 보내고 있는 것이 누구의 짓인지 알 수 있었다. 좌동동 246, '사리'였다.

'사리 오므렌스!'

메릴린스에서 57광년 떨어진 곳에 있는 마니 태양계의 보라 성 성주. 미르의 수련에 대하여 지대한 관심을 가지고 지켜보고 있던 이였다.

선력(仙歷) 500만 년. 그녀만큼 수련에 있어 일가견을 가지고 있는 선인은 드물다. 적어도 미르가 알고 있는 한 그렇다.

그녀가 도와주려 하는 것이다. 인간이 되기 전에 미르의 DNA에 수련 중 따르는 유혹에 대한 충분한 정보를 입력시켜 주고자 하는 것이다. 사리는 미르가 수련을 속히 마칠 수 있기를 기대하고 있는 것인가?

미르는 사리에게 아무것도 해 준 것이 없다. 있다면 가까운 은하 소속으로서 서로 알고 지내는 사이라는 것뿐……. 그녀의 파장과 미르의 파장은 서로 잘 맞는 파장 가운데 하나였다. 그렇다고 해도 수련에 드는 선인에게 이러한 파장을 보내 격려해 주고 도움을 주는 것은 쉬운 일은 아니다. 상대의 모든 것을 함께 느껴야 하는 것이기 때문이다. 나 때문에, 나의 갈등을 사리가 느낌으로 인하여 보라 성에는 심한 바람이 불고 있는 것은 아닐까?

하지만 그렇지 않음은 보라 성의 파장이 평상시와 같이 잔잔함을 유지하고 있음을 통하여 알 수 있었다. 그렇다면 사리는 함께 느끼면서도 어떠한 파장 차단 장치를 하고 내게만 이러한 과제를 내려보내는 것일까?

'사리! 이토록 나를 생각해 주다니……. 고마워, 수련 잘 하고 갈게.'

보라 성에 별다른 동정이 없음은 사리의 파장이 미르에게만 도달하고 있으며, 외부로 표출되지 않고 있음을 말해 주는 것이며, 이것은 사리가 미르에게 공부를 시켜 주고 있음을 증명해 주는 것이기도 하였다.

　선인은 수련에 들기 전에 이러한 고민을 하는 적이 없다. 그냥 수
련에 들면 되는 것이다. 수련에 들고 나서 모든 것을 잊고 수련하
고, 그 와중에서 수련의 목적을 다시 찾지 못하고 길을 잘못 들거나
유혹에 휩싸여 많은 시간들을 헛되이 보내고는 하는 것이었다. 하
다 하다 안되면 인간으로서 지구에서 머무는 경우도 있었다. 미르
도 전에 한때 지상에서 머물고 싶다는 생각을 한 적이 있었다.

　'인간으로서의 삶이라……. 그것도 괜찮지 않을까? 전부 알면
어찌 할 것인가? 몰라도 살아가는 데는 아무 지장 없는 것 아닌가?'

　'그렇지 않아. 모르면 불편한 것이 너무 많아. 모르면 지혜롭게
살 수가 없고 지혜롭게 살 수 없으면 세상이 돌아가는 이치를 깨닫
지 못하게 되지. 어떻게 살아야 하는지를 모르게 된다는 뜻이야. 결
국 인간은 선인이 되는 것이 최종 목표이고, 우리 선인들은 인간으
로 돌아갔다가 돌아옴으로써 한 등급을 올릴 수 있는 것이지.'

　'그래, 알았어. 지금부터 시작하는 거야.'

　이제 수련은 더 이상 남의 일이 아니지 않은가? 이번에는 반드시
한 등급 승급을 하여야 한다. 하지만 이것 역시 욕심이 아닌가? 인

간의 몸으로 들어가지도 않았으면서 왜 이리 욕심이 나는 것인가? 하지만 정당한 요구는 권리가 아닌가?

잘못된 것은 아닌 것 같았다. 다른 선인들도 전부 이렇게 수련을 하고 살아갔던가? 수련의 의미는 무엇인가? 등급을 올려서 어쩌자는 것인가? 선계에서 한 등급을 올려봤자 해야 할 일만 더 많아지는 것은 아닌가?

인간으로서 지상에 내려와서 유혹에 휩싸이는 것도 괜찮을 것 같았다. 예전에 보라 성에서 수련에 들 때의 그 달콤하고 짜릿한 느낌이 살아 나오는 것 같았다.

사랑…….

인간으로서 가장 강한 정신적 동기라는 사랑……. 물론 다양한 유형의 사랑이 있었지만, 미르는 그때 미지근한 사랑을 한 것 같았다. 하지만 그 미지근한 사랑만으로도 미르는 얼마간 혼미한 상태에서 보내지 않았던가!

인간의 두뇌는 어딘가 한계가 있는 것 같았다. 어딘가 무엇을 막아 놓은 것 같았다. 수없이 많은 생각에 휩싸이던 미르는 갑자기 앞이 환해 오는 것을 느꼈다.

빛 속으로

· 18 ·

빛이었다.

아직까지 본 적이 없는 거대한 빛이었다. 갑자기 굉장히 밝은 빛
으로 주변이 휩싸였다. 엄청난 밝기와 강도의 빛이 자신을 녹여 버
릴 것만 같았다.

미르는 눈을 감았다. 하지만 눈을 감는다고 해서 가려질 수 있는 것이 아니었다. 눈을 가려도 더욱 밝게 자신을 덮어 왔다.

이러한 빛은 우주에서도 별로 유례가 없을 정도의 강렬한 빛이었다. 이 빛으로 인하여 자신이 사라져 버리는 것 같았다. 빛이 점점 다가오면서 빛에 빨려 들어가고, 빛의 중심으로 옮겨져 가면서 미르는 이것이 새로운 삶으로 자신을 변화시키는 것임을 깨달았다.

잠이었다.

아무것도 생각나는 것이 없었다. 공중에 떠 있는 것 같았다. 무엇인가 머릿속으로 지나간 것 같았다. 생각을 하려 해도 아무것도 생각나는 것이 없었다. 이러한 느낌이 있다는 것은 아직 자신이 살아 있다는 것인가?

미르는 다시 잠 속으로 빠져 들어갔다. 끝없이 긴 잠으로 들어가는 것 같았다.

제2막__아름다운 완성

저는 메릴린스에서 온 미르입니다.

· 19 ·

조선조 중엽의 어느 날, 충청도의 어느 산간 마을. 이진사댁 며느
리 김씨는 산월(産月)을 맞이하고 있었다. 김씨는 태몽도 없이 아이
를 가졌는데 출산일이 거의 다 되었을 때인 엊그제는 꿈을 꾸었다.

마루에서 잠깐 잠이 들었는데 갑자기 하늘에서 무슨 소리가 들리는 것이었다. 쳐다보니 직경 약 3.5미터, 길이 55미터 정도나 되는 집채만 한 황룡이 하늘을 날아가고 있었다.

주변을 돌아보니 아무도 없었다. 커다란 용은 하늘 높은 곳을 날아다니다가 내려오기도 하고 다시 날아오르기도 하며 노닐다가, 날아다니는 것을 멈추고 김씨를 발견하고는 뚫어져라 바라보았다.

김씨는 갑자기 두려움이 몰려오는 것을 느꼈다. 저 용에게 잡아먹히면 어떻게 하나 하는 생각에 도망을 하려 해도 발걸음이 떨어지지 않았다. 김씨가 도망치려 하는 것을 본 용은 따라오기 시작하였다.

하늘에서 따라오는 용과 땅에서 도망하는 여인의 거리가 점차 좁혀졌다. 드디어 용은 김씨의 앞에서 고개를 끄덕이며 땅에서 1미터 정도 위에 떠 있었다. 정면에서 보니 정말로 엄청나게 큰 용이었다. 이렇게 큰 용이 있다는 것을 김씨는 들어 본 적도 없었다.

눈부신 빛을 내뿜고 있던 용이 빛을 거두었다. 용의 실체가 드러나 보였다. 강철로 만들어진 것 같은 모습이었다. 어디 한 군데 나무랄 곳이 없이 단정한 모습으로 떠 있었다. 아직도 군데군데에서 열이 나는 것 같은 느낌이 들었다.

저토록 큰 용이 어떻게 날개도 없이 떠서 날아다닐 수 있을까 하는 생각이 들었다. 거의 집채만 하며 눈만 해도 화로 만한 것이 앞에 떠 있으니 도망을 간다는 것은 어림없는 일 같았다.

허나 가만히 용의 눈을 보니 점차 무서움이 가셨다. 눈빛이 온화

하였다. 대화가 가능할 것 같았다. 손짓으로 '집으로 보내 달라.'는 뜻을 전하자 용이 고개를 끄덕였다.

용이 고개를 끄덕이는 모습을 '가도 좋다.'는 뜻으로 알아들은 김씨는 돌아서서 부지런히 뛰기 시작하였다. 그러나 용의 뜻은 그런 것이 아니었다. 김씨라면 모친으로 섬겨도 될 것 같다는 자신의 판단으로 고개를 끄덕였던 것이다.

김씨는 기를 쓰고 뛰었다. 그러나 뭔가 이상해서 돌아보면 용이 자신에게서 여남은 발자국 정도 떨어진 곳에 그대로 있고, 뛰다가 다시 보면 용이 다시 그 자리에 있고 하는 것이었다. 아무리 뛰어도 내내 그 자리였다.

김씨는 도망을 멈추었다. 더 이상 도망을 해 보아야 소용이 없을 것 같았다. 마침내 그 자리에 주저앉아 버렸다. 그런데 얼마를 그렇게 앉아 있어도 아무런 기척이 없었다. 아무 곳에도 용이 없었다. 고개를 돌려 위를 보자 뒤쪽에 직경 2센티 정도로 아주 작게 변해 버린 용이 가만히 공중에 떠 있었다. 금빛으로 번쩍이는 것은 여전하였고 오히려 빛이 더 밝아진 것 같았다. 공중에 가만히 떠서는 눈을 껌벅이며 김씨를 바라보고 있었다.

김씨는 이 용이 아까 보던 그 커다란 용이 아닌 것 같다는 생각이 들었다. 그러나 모습으로 보면 틀림없이 그 용인 것 같았다. 커다란 용의 왼쪽 볼에 진홍색 점이 있었는데 그 점이 그대로 있었던 것이다.

김씨는 어떻게 행동하여야 할지 몰라 잠시 망설였다. 이 용을 데리고 집으로 갈 수는 없을 것 같았다. 무엇을 먹여야 하는지도 모를 뿐더러 시부모님으로부터 허락이 내릴지도 알 수 없는 일이었다. 김씨는 용에게 양해를 구하였다.

"너를 데리고 갈 수가 없을 것 같구나."

"……"

용은 말없이 김씨를 바라보다가 어디론가 가려는 것 같았다. 김씨가 다시 돌아서서 한참을 가고 있던 중 옆에서 용의 목소리가 들려왔다.

"저를 받아 주십시오. 저는 메릴린스에서 온 미르입니다."

"미르? 미르가 누구인데?"

"당신의 아들이 될 사람입니다."

"아들이라고?"

"더 이상 자세한 말씀은 드릴 수 없사옵니다. 오늘 저와 있었던 일은 절대 누구에게도 말씀하시면 아니 되옵니다. 기운이 나

갈 수 있사옵니다. 저는 당신을 모친으로 모시고 공부를 하고
싶을 뿐입니다."

"공부? 무슨 공부?"

"세상공부입니다."

김씨의 마음에 짚히는 바가 있었다. 예전에 부친께서 천지의 이
치를 알려 주신 적이 있었다.

'천지의 기운이 가장 승하였을 때 그 형상이 용으로 보인다. 용이
보인다 함은 너의 기운도 용을 바라볼 만큼 성숙해 있는 것이라고
할 수 있느니라……'

김씨는 지금이 바로 그때인 것 같았다. 자신이 수십 년간 호흡을
해 온 결과가 이렇게 나타나는 것 같았다.

'저 용이 기운이라니!?'

김씨는 눈을 감고 영안(靈眼_육안이 아닌 영적인 눈)으로 용을 바
라보았다. 용은 어디론가 가고, 기운만 보이고 있었다. 호흡을 가다
듬자 뽀얀 기운 속으로 별이 보였다. 우주였다. 우주가 맞는 것 같

았다. 아름다운 별들이 여러 개 보이고 있었다.

'그래. 저 용은 우주에서 온 것이야.'

김씨는 안심하고 기운을 받아들이기로 하였다. 하지만 다시 돌아보니 아무것도 없었다. 그러나 보이지 않는 허공의 한가운데서 갑자기 흰색 기운이 몰려왔다. 엄청나게 강한 기운이었다. 김씨는 기운의 바람에 말려 하늘로 솟아오르기 시작하였다. 끝없이 솟아오르며 기운과 하나가 되어 가고 있었다. 몸의 무게가 느껴지지 않았다. 팔만 펄럭인다면 날 수도 있을 것 같았다.

기운을 다 받아들이고 나자 이번에는 땅으로 떨어져 내리기 시작하였다. 엄청난 속도로 떨어져 내리고 있었다. 한참을 내려오자 땅이 보이기 시작하였다.

"아– 악!"

꿈이었다. 햇볕이 마루로 쏟아지고 있었다. 아찔한 꿈이었지만 불쾌하게 떨어져 내린 것은 아니었다. 아주 상큼하게 떨어졌던 것이다. 놀라움도 비교적 적었다. 평소에 그 정도의 꿈을 꾸었다면 아마도 몹시 가슴이 두근거렸을 것이다.

높은 곳으로부터 엄청난 속도로 한없이 떨어져 내렸지만 느낌으로는 아주 낮은 곳으로부터 잠깐 사이에 떨어져 내린 것 같았다. 마음이 평온하였다. 정신을 차리고 보니 자신의 주변에서 기운이 바꾸었음을 알 수 있었다.

'꿈을 꾸었을 뿐인데 기운이 바뀌었구나!'

지금까지 자신의 주변을 싸고 있던 기운이 아니었다. 훨씬 더 포근하고 감싸 주는 듯한 기운이었다. 바람이 불어도 자신에게는 닿지 않을 듯, 날씨가 추워도 자신은 괜찮을 것 같이 기운이 자신을 싸고 있었다.

이러한 기운은 꿈에서 본 용과 무관하지 않을 듯 싶었다. 그 기운과 유관한 것이라면 이 기운은 내 것일 수도 있는 것 아닐까? 이 기운을 어디에 사용할지는 모르지만 적어도 자신을 보호해 주는 기운이 될 수는 있을 것 같았다. 가만히 생각해 보니 우주 본체의 기운이 이러한 것이라는 것을 들은 적이 있는 것 같았다.

맞다. 우주 본체의 기운이라면 얼마든지 좋은 방향으로 사용해도 될 것 같았다.

· 20 ·

다음 날 아침 김씨는 아직도 자신의 주변을 싸고 있는 기운을 호흡에 실어 내부로 끌어들였다. 기운이 점차 자신의 본래의 기운과 하나가 되어 가고 있었다. 전혀 거리낌이 없이 자신의 기운이 되어

가고 있었다.

임신한 이후에는 약간만 일을 해도 숨이 가쁘거나 힘겨운 증상이 있었지만 꿈을 꾼 뒤로는 웬만큼 무거운 것을 들어도 힘겨운 것을 모를 정도로 근력이 좋아졌음을 느낄 수 있었다. 기운의 보충이 이렇게 좋은 것임을 다시금 깨달았다.

저녁이면 잠을 충분히 잘 수 있었고, 잠을 자면 잔 만큼 기운이 보충되었다. 자신이 전에 수련을 하지 않았어도 이러한 결과가 나올 수 있었을 것인가는 장담할 수 없었지만 어쨌든 기운이 좋았다. 몸에 기력이 넘치자 매사에 활력이 솟았다. 또한 한 사람이 기력이 넘침으로 인하여 온 집안에 활기가 돌았다. 하루하루가 즐거운 나날이었다.

김씨가 이렇게 활력이 넘치게 활동하는 것에 대하여 집안의 아무도 이상하게 생각하지 않았다. 하지만 김씨 자신은 지속적으로 힘이 넘치는 것에 대하여 이상한 생각이 들지 않는 것이 아니었다. 그렇다고 해도 어느 누구에게 물어볼 수 있는 일이 아니었다.

꿈 이야기

· 21 ·

김씨는 어느 날 시아버지인 이진사의 처소에 수정과와 다과를 내어갔다. 며느리의 몸놀림이 가뿐한 것을 눈여겨보던 이진사가 넌지시 말을 건넸다.

"애야."

"예, 아버님."

"해산일이 얼마나 남았더냐?"

김씨는 부끄러워하며 대답하였다.

"얼마 남지 않았사옵니다."

"나도 그렇게 생각하고 있었는데 지금 네 모습을 보니 아직 먼 것 같구나."

"그렇지는 않사옵니다. 이달이 산달이옵니다."

"그렇구나……. 밥은 잘 먹느냐?"

"예."

"잠은 잘 자고?"

"예."

"이번에는 혹시 무슨 태몽 같은 것은 없었느냐? 손녀인지 손자인지 몹시 궁금하구나."

"아버님."

"오냐."

"얼마 전에 꿈을 꾸었사옵니다. 태몽인 듯 하옵니다."

김씨는 자상한 시아버지에게 꿈 얘기를 하고 싶어 입을 열었으나 문득 아무에게도 발설하지 말라는 용의 말이 생각나서 다시 입을 다물었다. 더욱 궁금해진 이진사는 며느리를 재촉했다.

"어서 꿈 이야기를 들려 다오. 무슨 꿈이었더냐?"

김씨는 이야기를 해도 좋을지 또다시 망설였다.

“무슨 꿈이냐? 얼른 말을 해 다오. 궁금해서 못 견디겠구나.”

김씨는 이진사가 입이 무거운 분인지라 시아버지에게만은 꿈 이야기를 해도 될 것 같은 판단이 들었다.

“용을 보았사옵니다.”

이진사는 놀라우면서도 기쁨을 감추지 못하는 표정으로 물었다.

“용이라고? 예로부터 용은 상서로운 동물로 알려졌는데 어떻게 생긴 용이더냐?”
“아주 커다란 황룡이었습니다.”

이진사는 더욱 기뻐하더니 남이 들을세라 목소리를 낮추었다.

“황룡이라……. 그 용이 어찌하더냐?”
“용이 기운이 되어 제 몸으로 들어왔사옵니다.”
“기운이 되어 몸으로 들어왔다고? 그게 무슨 소리냐?”
“용이 보이더니 나중에는 기운으로 변하여 저와 합하여졌사옵니다. 제가 용의 기운을 받아들였사옵니다.”
“그러하냐? 진정 용이었더냐?”
“맞사옵니다. 아주 착한 용이었사옵니다. 눈빛이 아주 선하였고

게다가 온몸에서 광채가 났사옵니다."

"온몸에서 광채가 났다고?"

"예, 아버님."

"커다란 용이라면 얼마나 크더냐?"

"아주 컸사옵니다. 집채만 하였사옵니다."

"그렇게 크더냐?"

"예, 아버님."

"오호!"

이진사는 연신 기쁨을 감추지 못했다.

· 22 ·

　며느리에게서 꿈 이야기를 들은 날부터 이진사는 날짜가 지나기를 손꼽아 기다리고 있었다. 며칠만 지나면 손자를 보게 될 것이다. 얼마 만에 보는 귀한 손자인가? 이 녀석만 있으면 부러운 것이 없을 것 같았다.

　건넛마을 김참봉이 줄줄이 손자를 보고 나서 얼마나 자랑스러워했던가. 9년여 만에 자신도 기다리고 기다리던 손자를 보게 될 것이었다. 그것도 어디 보통 손자인가? 며늘아기의 말에 의하면 용꿈을 꾸었다고 했다.

'용꿈이라니!'

　용꿈은 아무나 꾸는 것이 아니라고 들었다. 그런 용꿈을 며느리가 꾼 것이다. 남들은 돼지꿈만 꾸어도 좋다고 했다. 하지만 돼지는 감히 용에 비교할 수 없는 것 아닌가? 용이라니! 그것도 집채만 한 것이 며느리에게로 왔다고 했다.

　이진사는 며칠 동안은 그저 좋아만 했는데 가만히 생각해 보니 이것이 아무래도 집안에 좋은 영향을 미치는 일인지 아닌지 판단이 되질 않았다. 너무 큰 용이라는 것이 마음에 걸렸다.

　집채만 하게 큰 용이라면 왕이 되든지, 그렇지 못하면 역적이 되는 것 아닌가? 역적도 다 똑똑해야 하는 것이었다. 큰 역적은 왕이 되려다 못 되어서 그렇게 되는 경우가 대부분이라는 것이 평소 이진사의 생각이었다.

　허나 아무리 그렇다고 해도 그 용의 눈빛이 선한데다가 온몸에서 광채가 났다고 하니 이번 손자 녀석은 무엇인가 남들과는 다를 것 같았다. 이진사는 그렇게 결론을 내리고 마음을 다잡았다. 하다 못해 돼지꿈도 못 꾸고 태어난 자들은 볼품없는 것들 아니겠는가? 무엇이 되든 큰사람이 되려면 용꿈 정도는 꾸어야지…….

　사람이라고 어디 다 사람인가? 나름대로 분수를 가지고 태어나는 것인데 김참봉 손자들을 다 합해도 우리 손자 한 놈을 못 당할지도 모른다는 생각이 들었다. 사람이라고 다 사람이 아니며 팔자를 제대로 타고나야 제대로 된 사람이 되는 것이다.

그런데 그것은 내 생각이고, 우선은 이러한 내용을 절대로 발설하면 안 될 것 같았다. 아무래도 며느리를 불러 입 단속을 시켜야 할 것 같았다. 동네에서 입이 무겁기로 둘째가라면 서러운 자신도 간신히 참고 있는데, 며느리가 들뜨지 않으리라는 보장이 없지 않은가? 이진사는 조바심 끝에 며느리를 불렀다.

"얘야."

"예, 아버님."

"일전에 나한테 말한 꿈 이야기는 절대로 다른 사람한테는 하면 안 된다."

"예."

"절대로 하면 안 되느니라."

"명심하겠습니다."

"혹시 벌써 발설한 것은 아니겠지?"

"아닙니다."

"절대로 안 해야 하느니라."

"걱정 마세요."

"걱정이 되어서 하는 말이 아니니라. 천기인 것 같아 누설되는 것이 도리가 아닐지 모른다는 생각이 드니까 하는 말이다. 알았느냐? 지금 이 시각부터 네 남편에게도 이야기하지 말거라. 혹시 그 녀석이 밖에 나가서 실수를 할지도 모르니까 말이다."

"알겠습니다."

"그래. 이제부터는 걸음도 조심해서 걸어야 하느니라."

"예, 아버님."

"생각도 조심해서 하고."

"예."

"절대로 이야기해서는 안 된다."

"걱정 마세요."

"걱정은 안 한다마는……. 그래도 혹시……."

"안심하세요. 일체 발설치 않겠습니다."

"그래, 알았다."

며느리에게 몇 번이고 다짐을 한 뒤에야 이진사는 마음이 놓이는 것이었다. 이진사의 표정에 다시금 기쁨이 일었다. 며칠 후면 집안에 경사가 날 것이다.

원래 며느리가 들어올 때부터 동네에서 가장 후덕하고 마음씨 고운 색시로 소문이 났었다. 이제껏 살아오면서 부모에게 한 마디 말대꾸 없이 너무나 살림을 잘 꾸려 가서 그 흔한 고부간의 갈등 한 점 없이 잘 생활해 나가고 있는 중이었다. 그렇게 고마운 며느리가 이번에는 오랜만에 임신을 하더니 용꿈을 꾼 것이다.

엄청난 일이 생길 것 같았다. 이토록 좋은 조짐은 일찍이 없었던 것이다. 처가 진이를 가졌을 때도 그저 하늘이 밝아 오는 꿈만 꾸었지 않은가? 잘못했다가는 이 좋은 기회를 놓칠지도 모르는 일이었다. 자신이 행실을 잘못했다가는 아무래도 집안에 변고가 생길 것 같았다. 집안의 어른인 자신의 행동이 가장 중요한 것 같았다.

· 23 ·

　이진사는 그간의 자신의 행실을 돌아보았다. 혹시 그동안 살아오면서 남에게 해코지를 한 적은 없는지? 나는 그러한 뜻이 아니었는데 잘못 전달되어 다른 사람의 가슴에 못이 박히게 한 적은 없는지? 나 잘 먹자고 남을 못살게 한 적은 없는지?

　곰곰이 생각해 보니 잘못한 것이 있기는 있었다. 큰애가 열 서너 살 되었을 무렵, 건너 마을 과수댁 엉덩이를 훔쳐본 기억이 난 것이다. 자신의 생각 속에서도 나쁜 짓은 하지 말았어야 하는 것이었다. 그 과수댁의 엉덩이가 너무 예쁜 탓이기는 하였지만 어쨌든 잘한 일은 아니었다.

　허나 나는 쳐다만 보았지만 김참봉은 앞에 걸어가고 있던 그 과수댁에게 말을 걸어가며 얼마나 귀찮게 하였던가……. 그 녀석 과수댁을 참 좋아했지!

　김참봉과 이진사는 동갑내기로서 한 마을에서 수십 년을 동고동락하며 살아오고 있었다. 표정을 얼핏만 보아도 상대방이 무슨 생각을 하고 있는지 알 수 있었다. 그러고 보니 잘못한 것이 또 있었다. 총각 때 지금의 처와 정혼이 되어 있었음에도 이웃 마을 갑순이를 좋아했었다. 마음의 죄였다. 처와는 당시 서로 얼굴도 모르는 사이에서 정혼만 되어 있었다. 갑순이는 얼굴도 달덩이처럼 예쁘고 행실도 고와서 인근의 총각들이 전부 마음에 품고 있었다. 자신도 그 중의 한 사람이었다.

길을 오가다 우연히 마주치면 서로 인사를 하는 정도는 되었다. 갑순이가 자신을 보는 눈빛을 보면 갑순이도 자신을 좋아하고 있음을 알 수 있었다. 얼굴 예쁘겠다, 행실 곱겠다, 목소리가 나긋나긋하지만 그 목소리를 한 번이라도 들어 보는 것이 당시 남정네들의 소원일 만큼 목소리가 아닌 표정으로 말을 하는 그녀였다.

동네 총각들의 가슴을 온통 멍들게 하여 놓고 갑순이는 엉뚱하게도 먼 곳으로 시집을 갔다. 간간이 들려오는 소문에 의하면 아들 딸 낳고 잘 살고 있다고 했다. 이진사는 문득 갑순이 생각이 났다. 그때 자신이 무리를 해서라도 갑순이에게 접근을 했더라면 혹시 이루어졌을지도 몰랐다. 하지만 그랬었다면 지금 며느리가 용꿈을 꾸는 일은 없었을는지도 모른다.

집안이 되려면 그때 지금의 처와 혼사를 치른 것이 잘한 것 같았다. 처음에는 처가 분명한 성격이면서 생각이 깊은 것으로만 알고 있었는데 점차 나이가 들면서 처는 세상 이치를 알아가는 것 같았다. 알고 있는 것만이 아니고 매사에 능동적으로 대처했다.

처가 이진사를 여러 번에 걸쳐 놀라게 한 것은 대충 이런 내용이었다. 하늘이 맑은데 빨래를 걷어 들어와서 이상하게 생각했는데 그러고 나면 반드시 비가 온다든지, 맛난 반찬을 푸짐하게 준비해 놓으면 귀한 손님이 오신다든지 등, 작은 일인 것 같으면서도 처는 생활에서 적절히 지혜를 활용하고 있었다. 아니 그것은 지혜가 아닌지도 몰랐다. 예지력인가?

이진사는 오늘 웬일인지 며느리의 꿈 얘기를 처에게 하고 싶었다. 며느리에게는 입 조심을 시켰지만 입이 가볍지 않은 처라면 아무에게나 꿈 얘기를 하지는 않을 것이다. 또 부부는 일심동체라고 하니까 내가 알고 있는 일이라면 처가 알아도 무방한 것이 아닐까?

처가 이 사실을 미리 알고 있어야만 며느리를 더 귀하게 여기고 태어날 손자를 정성껏 길러 줄 것이 아닌가? 처가 나중에서야 손자가 보통 손자가 아닌 것을 알면 나와 며느리를 얼마나 원망할 것인가? 생각이 여기까지 미치자 이진사는 저녁에 안방에 들어가서 이야기를 하기로 작정했다.

• 24 •

이진사는 고개를 들어 하늘을 보았다. 해가 아직 중천에 떠 있었다. 이진사는 김참봉을 만나서 한나절을 보내기로 했다. 김참봉네가 오늘 농사일을 한다고 하니 막걸리와 먹을 것이 준비되어 있을 것이다. 그렇지 않아도 김참봉이 전에 '오늘 일을 하니 놀러 오라.'고 한 말이 생각났다.

단걸음에 김참봉네로 가니 김참봉은 마당에서 일꾼들을 부리고 있었다. 일꾼 다섯 명이 열심히 일을 하고 있고, 동네 사람 세 명이 도와주고 있었다. 이들은 김참봉으로부터 쌀가마니나 신세를 진 사람들이었다.

“여보게.”
“어이, 어서 오게. 무슨 좋은 일이라도 있나?”
“왜?”
“싱글벙글하는 것을 보니 말이야.”

이진사의 얼굴에는 누가 보아도 알 수 있는 숨길 수 없는 미소가
어려 있었다.

“좋은 일은 무슨?”

시침을 떼어 보지만 웃음이 감추어져 있음을 숨길 수 없었다.

“손자 볼 날이 얼마 남지 않았다더니 신이 났구먼. 왜, 시아비가
태몽이라도 대신 꾼 것인가?”

이진사는 화들짝 놀랐다.

“꿈은 무슨? 태몽을 어디 꾸고 싶다고 마음대로 꾼다던가?”
“해산을 앞둔 자네 며느리가 전에 없이 새색시처럼 피어난다고
하더구먼. 인물이 태어날 징조 아닌가?”
“그래? 누가 그러던가?”
“일전에 안사람이 그러더구먼. 아무래도 귀한 손자를 볼 모양이

라고."

이진사는 짐짓 아무 일도 없었다는 듯이 표정을 바꾸어 너스레를
떨었다.

"그런 일 없네……. 어흠! 자네가 먹거리를 준비해 놓고 오라고
해서 좋아서 그런 것 아닌가?"

김참봉은 아무래도 이상하다는 듯이 이진사의 얼굴을 빤히 보면
서 응수하였다.

"그래서 그렇게 즐거웠단 말인가?"
"그럼."
"그렇다면 전에는 왜 그렇게 즐거워하지 않았나?"
"아닐세, 전에도 즐거워했지. 하지만 티를 내지 않았을 뿐이네."
"그랬던가? 그런데 왜 지금은 그렇게 즐거워하는가?"
"어이, 그렇게 따지지 말고 어서 먹을 것이나 좀 내놓게."
"저기 애들이 벌써 가져오고 있네."
"오늘은 속이 출출해서 자네에게 오면서 내내 먹을 것 생각만 했
었네. 늙으면 애가 된다더니 내가 이제는 애가 다 된 모양일세. 먹
을 것만 있어도 이렇게 즐거운 것을 보니 말일세."
"그런가? 우리가 벌써 그렇게 늙었단 말인가?"

"그런가 보이."

술상을 앞에 놓고 김참봉은 자신의 나이를 돌아보았다. 벌써 쉰이 넘고도 수년이 흘러가고 있었다. 이진사의 말을 듣고 보니 자신도 이제 한세상을 거의 다 살아 버린 것 같은 느낌이 들었다. 벌써 그렇게 살아와 버렸단 말인가?

이제 조금 살 만한 여유가 생기고 있었다. 집안도 그런 대로 모양새를 꾸려가고, 손자들도 무럭무럭 잘 자라 주고, 자신도 땅마지기나 모아서 먹거리 걱정하지 않고 살아갈 만큼 되었다고 생각하고 있었다. 이러한 것에 취해서 세월이 얼마나 흘렀는지는 생각지도 않고 살아온 것이었다.

"그랬구먼. 우리가 벌써 그렇게 되었구먼!"

세월은 이미 살 만큼 산 동갑내기 친구들이 모두 공감할 만큼 지나가고 있었고, 그 세월의 흔적은 자신이 살아온 여정의 여기저기에 배어 있었다.

"그래, 잘 살았지. 이제는 마무리가 아닌가?"

이상하게도 김참봉은 내내 세월 타령으로 일관했다. 허나 전에 없던 탄식조의 세월 타령이 이진사에게는 새들이 지저귀는 소리처럼 즐겁게 들려왔다. 무엇보다도 이진사는 자신의 속내를 들키지 않고 김참봉을 속여넘긴 것이 퍽이나 다행스러웠다.

· 25 ·

집으로 돌아오자마자 이진사는 다시 며느리를 불렀다.

"오늘 내가 보니 네가 서기(瑞氣)가 어린 꿈을 꾼 것에 대하여 김참봉이 대충 눈치를 채고 있는 것 같더라. 앞으로는 드나드는 것을 삼가고, 어쩔 수 없이 드나들 때는 더욱 몸가짐을 조신히 하여 어른들께 실수가 없도록 하여라."

엄명을 내린 이진사는 안방으로 들어가려던 것을 바꾸어 처 조씨를 불렀다. 영문을 모르고 사랑채로 불려온 조씨를 앞에 놓고 이진사는 다짜고짜 자신이 하고 싶은 말을 하였다.

"앞으로 며느리를 절대 심부름이나 다른 일로 내보내지 마시오."

조씨는 갑자기 이게 무슨 말인가 하며 물었다.

"무슨 말씀이시오?"
"아니 당신은 여자이면서도 아직 모르고 있었단 말이오? 며느리가 아무 말 안 합디까?"

"갑자기 무슨 말씀이시오? 그 애가 무슨 말씀을 드렸기에 저에게
이러신단 말입니까?"

"당신은 정말 모르고 있소?"

"모를 수밖에요. 아무 말 없었으니 제가 무슨 내용을 어떻게 알
수 있겠습니까?"

조씨는 며느리가 섭섭하게 생각되었다. 시아버지인 이진사는 무
엇인가를 알고 있는데 시어머니인 자신은 아무것도 모르고 있는 것
이다. 이럴 수가 있는가 싶었다. 속으로 분이 올라오고 있던 조씨는
기어이 속을 드러내고 말았다.

"그 애가 무슨 말을 당신한테 했는지 모르지만 내가 무엇을 안다
고 그러시오. 내가 그 애를 불러서 한번 따져 볼 생각이에요."

조씨의 안색이 변하는 것을 본 이진사는 갑자기 말을 낮추었다.

"다름이 아니고 그 애가 태몽을 꾸었는데 글쎄 용꿈을 꾸었다지
뭐요."

조씨는 시큰둥하게 맞받았다.

"그래서요?"

"그러니 집안에 경사가 나려는 것 아니겠소?"

"경사요?"

"경사 말이오. 대단한 일이 있을 것 같소. 손자를 엄청난 녀석을 보려나 보오."

"아니 난 뭐라고! 무슨 일이라도 난 줄 알았잖아요. 그 얘기라면 나도 알아요. 내가 태몽이 없었느냐고 하니까 그 애가 무슨 꿈을 꾸긴 꾸었다고 합디다. 그래서 그것이 어떤데요?"

"그 애가 용꿈을 꾸었다는 것이 대단하다는 것이오. 용꿈은 아무나 꾸는 것이 아니오. 더욱이 용은 천자를 의미하는 것이므로 아직 우리나라에서는 꿈에서라도 함부로 사용하지 못하는 영물이오. 그런데 집채만 하게 큰 용이 그 애한테 왔다는 것은 집안이 되려는 것이란 말이오. 돼도 아주 크게 되려는 것이라는 생각이 드오."

"용꿈 한 번 꾼 것이 무슨 그렇게 대단한 것이라고 그러시는지 모르겠구려."

"당신은 몰라서 그래요. 내가 아는 사람 치고 용꿈을 꾼 사람이 없어요. 나도 꾸어 본 적이 없소. 당신은 용꿈을 꾸어 봤단 말이오?"

그러고 보니 조씨는 할 말이 없었다. 용꿈을 꾸어 보지 못한 것이다. 며느리는 집채만 한 용을 보았다지 않는가? 용이 아무리 커도 그렇게 클 수는 없을 것 같았다. 그러나 아무리 크다고 해도 짐승의 종류 아닌가? 하지만 영물 중의 영물이라던데! 아니야. 기운 그 자체라고 하지 않던가?

조씨는 며느리가 얼마 전부터 몸이 가벼워진 것을 알고 있었다. 임신을 하면 몸이 무거운 법인데 며느리 역시 무거워하다가 최근에는 아주 가벼워하지 않던가? 분명히 무엇인가 있었다.

용을 본 것이 사실이 아니라면 시아버지가 자신도 모르게 무슨 보약이라도 먹였단 말인가? 그렇지는 않을 것 같았다. 자신의 눈을 속일 수는 없는 것이다. 며느리가 자신을 속였다면 지금처럼 마음 편하게 자신을 바라보지 못할 것이었다.

며느리는 원래 마음이 착하고 솔직한 성격이므로 남을 속이지 못하였다. 심성이 바르고 착하여 누구에게 해를 끼치는 일이 없었으며 매사가 정직하여 동네에서도 모범이 되었다. 자신이 며느리를 의심했던 것은 아니었으나 너무나 달라진 모습에 별스런 생각이 다 드는 것이었다.

· 26 ·

이튿날 조씨는 대청마루에서 멀리 산자락을 보고 있었다. 길 위로 무엇인가 다가오고 있었다. 노르스름한 것이 땅에 닿은 것도 아니고 하늘에 뜬 것도 아닌 채 공중에 약간 떠서 오고 있는 것이었다.

대낮이므로 잘못 볼 일은 없었다. 혹시 잘못 보았나 하여 눈을 한 번 비비고 다시 앞을 보았다. 점점 커지고 있는 것으로 보아 틀림없이 오고 있었다. 나비 같기도 하고, 꽃잎이 날아다니는 것처럼 보이기도 하는 것이 날아오고 있었다.

　가까이 온 것을 보니 자룡(紫龍_보라색을 띤 용)이었다. 용인 것이다. 그 용이 점점 커지면서 보이고 있었다. 마침내 집 앞에 오자 거의 집채만 한 크기로 커졌다. 뜨거운 김을 푹푹 내뿜는데도 무서운 느낌이 전혀 없었다.

　"왜 이러는가? 난 아무 죄도 없네."

　"그것이 아닙니다."

　의외로 용이 말을 하였다. 동물인 줄 알았는데 말을 하는 것이었다. 자룡은 입으로 말하는 것이 아닌데도 음성은 사람의 말처럼 또렷하였다. 마치 온몸으로 발성을 하는 것 같았다. 발성을 하되 그 소리가 자신의 모든 부위에 전달되어 오는 것이었다. 그저 소리가 아니었다. 기운이 몰려오는 것이었다. 기운에 의한 소리로 들리고 있었다.

· 27 ·

　조씨는 어려서부터 집안에서 전해져 내려오는 호흡법을 익힌 터라 기운에 대하여 알고 있었다. 그 호흡법은 6대조 할아버지가 어느 선생님께 배워서 전해 주신 것으로서 비밀리에 전수해 내려오는 것이었다. 이 호흡법을 익히면 기운을 안다고 하였다. 기운을 알고 나면 모든 것을 알 수 있다고 하였다. 그래서인지 아버지는 항상 모든 것을 앞서서 알고 계셨던 것 같았다.

나라에 크고 작은 변이 일어날 때도 아버지는 어디론가 피해 계시다가 오시고는 하였다. 그럴 때에도 집안에는 이상이 없도록 준비를 철저히 하셔서 집안 사람들이 전혀 불편함이 없었을 뿐더러 매사가 아버지가 계실 때처럼 이루어지고는 하였다.

무엇이든 아버지가 계실 때처럼 한치의 흐트러짐도 없이 행하여졌다. 예를 들면 건너 마을 박참봉네가 큰일이 있다는 전갈이 와서 아버지의 문갑을 열어 보면 항상 박참봉네가 큰일이 있을 것이니 무엇을 어떻게 하라는 등의 지시가 들어 있고는 하였다. 따라서 집안에서는 아버지가 계시지 않아도 불안해하는 일은 없었다.

그러한 일은 자신의 집에서는 대대로 있었던 평범한 일이었으므로 이상하게 여기지 않았으나 성장하여 동네 친구들을 사귀면서부터 서서히 다른 집과 차이가 있음을 알았고, 그것이 가전(家傳)되는 호흡법에서 연유하였음은 커서야 알게 된 일이었다. 아버지는 할아버지로부터 호흡법을 전수 받으셨던 것이다. 이 호흡법은 할아버지가 전해 주신 것으로서 아버지와 작은 아버지가 배우셨으나 작은 아버지는 깊이 익히지 못하고 돌아가셔서서 아버지만 정확히 아시고 계셨던 것이다.

아버지의 말씀에 의하면 이 호흡법은 아들에게만 전수하여 주었던 것이었으나 딸인 조씨에게는 아버지 자신도 모르게 전해 주셨던 것 같았다. 아버지의 옆에 있으면 왠지 마음이 평온해졌었다. 나중에야 알았지만 그것은 아버지의 마음 깊이에서 전해져 오는 그 어떤 느낌에 의한 것이었다.

아버지의 파장을 받고 있으면 점차 호흡이 느려지고, 그 느려진 호흡 속으로 깊이 들어가고는 했었던 것이다. 숨이 느리면서도 전혀 가쁘지 않았으나 호흡이 느리다는 것을 순간 느끼고 나면 숨이 가빠지고는 하였던 것이다. 그것이 자신의 생각에서 우러나오는 것임은 나중에야 알았다. 가쁘다고 생각해서 숨이 가빴던 것이다. 자신이 숨가쁘게 느끼지 않으면 숨이 가쁘지 않았던 것이다.

생각의 차이, 이 생각의 차이가 숨이 가쁘고 아니고를 만들었던 것이다. 어린 조씨는 순간 숨을 쉬지 않고도 괜찮을 것이라고 생각하면 그럴 수도 있을 것인가에 생각이 미쳤다.

빛으로 이루어진 천상의 모습

28

가만히 호흡을 멈추어 보았다. 호흡은 멈추었으나 숨이 가쁘지
않았다. 한참을 그대로 있었다. 그래도 숨이 가쁘지 않았다. 점점
숨을 쉬지 않고 지낼 수 있는 시간이 길어지고 있었다. 그래도 숨이
가빠지는 것은 아니었다.

가만히 앞을 바라보았다. 앞에서 펼쳐지는 장면들이 서서히 바뀌고 있었다. 모든 것이 빛으로 변하고 있었다. 사물이 앞에서 사라지는 것은 아닌데도 빛으로 바뀌면서 옆으로 흐르고 있었다.

옆으로 흐르다가는 다시 멈추고 멈추는 듯 하다가는 다시 흐르며 서서히 이동하고 있었다. 물감을 풀어놓은 듯 모든 색들이 얽히고 설키며 이리저리 흐르다가는 휘돌고 하였다. 기운이 점점 약해지고 있는 것으로 보아 시간이 꽤 흐르고 있는 것 같았다. 숨을 쉬지 않은 시간이 서너 각(일각은 15분) 정도는 되었을까? 앞에 할아버지 한 분이 보였다.

처음 뵙는 분이지만 왠지 아주 가까운 분이라고 느껴졌다. 이분을 어디서 뵈었을까? 당시 13세였던 조씨는 이 할아버지가 이미 선계에 입적(入寂)하신 고조부임을 알 까닭이 없었다.

"얘야."

"네."

"기분이 어떠하냐?"

"약간 이상하기는 하지만 괜찮습니다."

"어디가 어떻게 이상하냐?"

"어디인지 알 수는 없으나 이상하옵니다."

"좋은 것 같으냐? 나쁜 것 같으냐?"

"좋은 쪽인 것 같습니다."

"왜 그러한 생각을 하였느냐?"

"기분이 나쁜 것이 아니기 때문입니다."

"기분이 어떠하냐?"

"약간 좋은 쪽입니다."

"제대로 들어온 것이니라. 이제 앞으로 바로 보아라."

시선을 돌려 앞을 보자 어느새 아주 푸르른 색깔의 산자락이 보였다. 지금까지 보아 왔던 산과는 전혀 질이 다른 산이었다. 풀과 나뭇잎 하나하나가 전부 새롭게 보였다. 살아 있었다.

금방이라도 살아서 움직일 것 같은 풀과 나무들이었다. 건드리면 바로 반응이 튀어나올 것 같이 생동감이 느껴졌다. 식물로부터 이러한 느낌을 받을 수 있다니! 처음이었다. 동물보다도 더욱 살아 있는 느낌을 식물로부터 받은 것이다.

살아 있다는 느낌이 그저 생명이 있다는 느낌과 다른 강도로 전해져 온 것은 이번이 처음이었다. 생명의 의미가 전혀 다른 느낌으로 다가온 것이다.

'생명이란 이런 것이구나…….'

저들 식물이 피부에 닿으면 바로 살이 될 것 같았다. 즉시 자신의 일부가 될 수 있을 것 같았다. 가까이 가는 것만으로도 영향을 받을 것같이 느껴졌다. 식물이 사람에게 이러한 느낌을 줄 수 있다니……!

생명체!

생명이란 이렇게도 실감나는 것인가? 풀잎이 그렇게 소중할 수가 없었다. 저 풀들이 단순한 풀이 아닌 하나의 생명체로 존재하고 있는 것 같았다. 생명체였다. 생명의 중요성과 살아 있음에 대한 감사함이 소름이 끼칠 정도로 실감나게 느껴져 왔다.

풀잎의 푸르른 색깔도 너무나 살아 있는 색깔이었다. 이러한 색깔이 나올 수도 있구나! 그런데 지금까지 보아 온 색들은 왜 이런 색깔이 아니었을까?

빛으로 이루어진 색깔이었다. 빛과 물질의 중간 정도의 색깔이었다. 이러한 색깔은 지금까지 적어도 지상에서는 볼 수 없었던 것들이었다. 자체에서 빛이 나는 것이 아니고 스스로도 밝지는 않지만 어둠 속에서도 얼마든지 형체를 밝히고도 남을 정도의 빛은 낼 수 있을 것 같았다.

시일이 흐른 후 흐려지는 빛이 아닌 영원한 빛!

어두운 곳에서 더욱 빛을 낼 수 있는 식물들. 이러한 귀한 것들이 어디에서 온 것인가? 앞산의 전체를 이리저리 살펴보아도 전부 모양은 다르지만 이러한 색깔들로 이루어진 식물들뿐이었다. 게다가 식물들이 발산하는 파장은 아주 순하디순한 파장이었다.

동물들이 와서 먹이로 사용하기에는 아까울 정도의 귀하디귀한 꽃과 나무, 풀들은 마치 식물들의 귀족인 것 같았다. 그런데 그 풀들이 하나같이 먹을 것과 먹지 못할 것으로 구분되어 있었다. 이러한 경우는 흔치 않았다.

또한 먹을 수 있는 것들은 어떠한 짐승이 어떠한 풀을 먹어도 전부 소화해 낼 수 있을 것 같은 느낌이었다. 사람은 물론이거니와 어떠한 생물체가 먹어도 완벽히 소화가 될 수 있으며, 소화가 되는 것은 물론 잔여물이 전혀 남지 않아 배변의 필요성이 없을 것 같았다. 영양분과 에너지가 먹는 즉시 인체나 동물의 몸에 전달되어 저장될 것은 저장되고 발산될 것은 발산되는 것이었다.

또한 풀들 사이를 날아다니는 나비 역시 동일한 색과 무늬로 치장되어 있었다. 투명한 듯 하면서도 색깔이 있고 색깔이 있으면서도 투명하며, 손을 내밀면 금방 잡을 수 있겠지만 건드리면 안 될 것 같았다.

무엇인가 다른 세계가 있었다. 아직까지 보지 못했던 세계가 앞에 펼쳐지고 있었다. 경이였다. 이러한 세계가 있다는 것은 경이였다. 보지도 못하고 느껴지지도 않던 세계가 또 있었단 말인가?

갑자기 세상이 넓어 보였다. 자신이 알고 있던 것이 전부가 아니었다. 책으로 접하였던 것들이 전부가 아니었다. 모든 것은 일부였다. 그것도 아주 일부였던 것이다.

너무나도 넓고 넓은 세상이 있었던 것이다. 그것은 아직까지 느껴지지도 않고 보이지도 않았었지만 분명히 존재하고 있었으며 실재하고 있는 것이었다. 그리고 자신과 같이 살아 있는 인간의 몸으로도 느끼고 볼 수 있는 그러한 것이었다. 자신의 몸에 대한 존경심이 우러나왔다.

'내가 이러한 것을 가능하게 할 수 있다니……. 나의 몸으로도 가능하다니!'

이럴 수가 있다는 것은 부모님께 감사드려야 할 것이었다. 부모님께서 어떠한 능력을 전해 주시지 않으셨다면 자신에게서 이러한 능력이 나올 수 없는 것이다.

'인간이란 어떠한 것인가? 어떠한 것까지 능력을 가지고 태어날 수 있는 것인가? 나만이 가능한 것인가? 아니면 다른 모든 사람들이 가능한 것인가?

　　조씨 역시 지금까지 평범한 한 인간이었다. 다른 사람과 조금의 차이도 없이 살아온 것이다. 어느 누구도 자신이 머리가 조금 좋다는 것 이외에는 차이를 느끼지 못하고 지내 온 것이다. 그런데 지금 이러한 일이 생긴 것이다. 생겼다기보다는 느끼게 된 것이다. 앞에 보이고 있는 모든 것들이 전부 달라져 있는 것이다.

　　자신의 무게가 느껴지지 않고 있었다. 평소 자신의 무게를 느끼던 그 감각이 아닌 것이다. 이 공간에서는 어떠한 것도 무게가 없었다. 모두 빛의 무게로 존재하므로 빛 그 이상의 무게가 없는 것이다.

　　자신의 몸을 내려다보았다. 자신의 몸이 빛으로 변하여 있었다. 자신의 몸 역시 하나의 빛덩어리로 변하여 존재하고 있는 것이다. 손으로 만지려 하자 빛의 모습 그대로 만져지는 것이다. 빛인데도 만져지다니! 다른 것들도 만져 보았다. 다른 것들도 역시 만져지는 것이었다. 빛은 빛으로 대하면 역시 동일한 효과가 나는 것인가 보았다.

　　지상에서 보았던 그 빛이 아니었다. 구체적으로 느껴지는 빛이었다. 꽃은 꽃의 모습의 빛으로, 잎은 잎의 모습을 한 빛으로 보이고 만져지고 있는 것이다.

　　빛의 세상, 이것이 천상의 모습임을 알 수 없었던 당시에는 그 실체가 잠시 왔다가 가고는 하였다. 하지만 이 세상을 실감하고 나서는 인정하지 않을 수 없었다.

모든 움직임이 빛으로 이루어지고 있었다. 빛을 움직이는 모든 것들이 빛이었다. 빛이 주가 되고, 빛이 종이 되는 세상이었다. 빛이 처음이자 마지막이었다. 자신을 둘러싸고 있는 모든 것들이 빛임을 알자 빛에 대한 존경심이 들었다. 자신 역시 빛으로 이루어진 일부에 불과한 것이었다.

· 29 ·

한참을 구경하고 있다가 어떻게 이 세상에 들어왔는가 하는 생각이 들었다. 아버지를 따라 호흡을 하다가 이리로 온 것이다. 숨을 멈춘 지 오래 된 것 같았다. 얼마간의 시간이 흘렀는지는 몰라도 상당히 긴 시간을 여기에서 있었던 것이다.

지금은 빛의 상태로 있으니 호흡이 필요 없지만 다시 몸으로 돌아가면 호흡이 필요할 것인데 숨쉬는 방법을 잊었다. 숨을 쉬지 않고 지금까지 있었으니 두고 온 몸이 성할 것 같지 않았다.

여기에 생각이 미치자 다시 아까의 상태로 돌아가고 싶었다. 앞에 보이고 있는 것은 왠지 나의 것이 아닌 것 같았다. 아니 나의 것이 아니라기보다는 자신의 것이기는 해도 아직은 아닌 것으로 느껴졌다. 멀지 않은 미래에 자신의 것이 될지라도 지금은 자신의 것이 아니고 앞으로 될 것인데, 건드리면 오히려 정화되지 않은 자신의 기운으로 오염이 될 것 같았다. 그것은 진정 원하는 바가 아니었다.

그대로 놓아두고 자주 와서 이 산과 나무, 풀과 꽃들을 보고 싶었

다. 호흡이 되면 와서 자주 볼 수 있을 것 아닌가. 그런데 이곳으로
들어온 방법이 생각나지 않고 나갈 수도 없으니 다음에 들어오는
것은 더욱 생각나지 않을 것 같았다.

순간 두려움이 엄습했다. 이제 돌아가지 못하고 여기에서 있어야
하는 것은 아닐까? 어머니, 아버지, 동생들을 만나지 못하고 마는
것은 아닐까?

아까 뵈었던 할아버지를 찾았다. 할아버지에게 물어보면 알 수
있을 것이다.

"할아버지, 어디 계세요?"

"여기에 있단다."

"어디 계세요?"

"여기 있지 않니."

할아버지가 보이지 않았다. 목소리만 들리고 있었다. 목소리가
점점 멀어지고 있었다.

"할아버지……."

“너무 걱정하지 마라. 모든 것은 네가 원하는 대로 될 수 있는 것이니라.”

“어떻게요?”

“네가 어떻게 생각하는가에 달렸다.”

“어떻게 생각해야 하는데요?”

“네가 하고 싶은 대로 생각하면 된다.”

“……?”

“네가 지금 하고 싶은 것이 무엇이냐?”

“이곳으로 들어오기 전의 곳으로 가고 싶어요.”

“여기가 싫더냐?”

“싫은 것은 아니지만 제가 오래 있을 수 있는 곳은 아닌 것 같아요.”

"네가 영원히 있을 수 있는 곳이다. 아직은 때가 이르니 오늘은 이만 가 보도록 해라."

"어떻게 해야 갈 수 있는지요?"

"네가 가고 싶으면 돌아갈 수 있다. 자, 돌아간다고 생각을 하자. 시간을 돌려서 다시 아까의 시간으로 간다고 생각해라. 간단하게 다시 아까의 시간으로 돌아간다고 생각해라."

생각으로 이곳으로 오기 전의 상태로 돌리면 다시 돌아갈 수 있다고 하시는 것이다. 과연 그것이 가능할 것인가? 생각만으로 돌아갈 수 있을 것인가? 일단은 그 방법 이외에는 없을 것 같았다.

할아버지는 보이지 않았다. 하지만 어딘가 멀지 않은 곳에 계시는 것만은 틀림없었다. 보이지는 않았지만 보이지 않는 세계가 있다는 것만은 분명하였다. 지금 있는 이곳은 무엇인가 다른 곳과는 달랐다. 어떠한 것도 지상의 것과는 달리 살아 있었다. 그 살아 있음이 이렇듯 생생하게 느껴지는 것 역시 현재까지의 경험으로는 있을 수 없는 일이었다.

무엇일까? 조씨는 궁금함을 가지고 돌아가는 생각을 하기 시작하였다. 돌아간다기보다는 이곳으로 오기 전의 상태를 생각하라고 하셨다. 이곳으로 오기 전의 상태를 생각하면 다시 돌아갈 수 있다고 하셨다. 그것이 가능한지는 생각을 해 보면 알 것이 아닌가? 생각만으로 행동을 자유로이 할 수 있는 곳이 있음은 진정 경이였다.

'자-, 그러면 돌아가 보자.'

이곳이 좋기는 하지만 자신이 있던 그곳이 지금은 그리웠다. 아버지의 파장이 그리웠다. 할아버지의 파장은 너무 자연 상태의 파장에 가까워 특별히 자신과 관련이 있는 분의 파장으로 받아들이기에는 실감이 나지 않았다.

하지만 아버지의 파장은 인간의 파장으로서 자신의 일부를 이루고 있는 것 같은 느낌을 주었다. 할아버지의 파장은 자신을 이루고 있는 기운의 전부가 될 수 있을 것 같은 생각이 들었지만, 아버지의 파장은 자신의 골격을 이루고 나머지는 스스로 채워도 될 것 같았다.

"아버지……."

아버지를 부르는 순간 주변의 기운이 바뀌고 있었다. 기운의 밀도가 촘촘해지며 진해지고 있었다. 물엿 같은 상태로 기운이 바뀌며 끈끈하게 자신을 에워싸고 있었다. 기운이 바뀌려는 찰나였다. 할아버지에게 인사를 드리고 가야 할 것 같았다. 할아버지는 보이지 않았지만 느낌이 오는 방향을 향하여 인사를 하였다.

"할아버지, 저 갈게요. 안녕히 계세요."

"그래, 잘 가거라. 오고 싶으면 언제든지 다시 오너라."

"안녕히 계세요."

조씨는 본능적으로 아버지를 생각하면 돌아올 수 있음을 알았다. 아버지의 기운은 속(俗)에서 수련 중인 기운이므로 자신을 속의 세계로 인도해 줄 수 있다는 것은 알지 못하고 있었지만, 어쨌든 아버지의 기운은 할아버지의 기운에 비하여 상당히 진하고 자신을 떠내려보낼 만큼 강하였다.

이것이 선계와 속계의 기운의 차이임에 대하여는 알지 못하고 있었지만 아직까지는 분명히 아버지의 기운이 자신에게 더 가까이 와닿고 있었다.

"아버지."

지금 있는 곳은 주변의 온도가 차지도 덥지도 않았다. 느낌이 없는 것이 아니라 너무도 완벽하게 온도가 인체에 적합하도록 조정되어 있었기 때문에, 아니 조정이라기보다 원래 그렇게 적당한 온도였으므로 느낌이 없었던 것 같았다.

자신이 태어나기 전의 상태, 인간이 생기기 전의 주변 조건은 그릴 것이라는 생각이 들었다. 아마도 지상에서 가장 비슷한 상태를 든다면 엄마의 뱃속이 그럴 것이라는 느낌이 들었다. 아무런 조정도 필요치 않은 상태. 옷을 입지 않아도 춥지 않고, 먹지 않아도 배가 고프지 않으며, 체중까지도 느껴지지 않지만 그렇다고 무중력 상태도 아닌, 어떠한 생각을 하여도 편안한 상태……. 너무나 편안한 상태, 바로 이러한 것이 천국이 아닐까 하는 생각이 들었다.

이런저런 생각을 하고 있는 사이에 속계로 돌아가야 할 것 같다는 생각 역시 계속 머릿속을 채워 오고 있었다. 이제는 돌아가야 할 것이다. 조씨는 마음속으로 아버지를 불렀다.

"아버지."

다시 한 번 아버지의 기운이 전달되며, 서서히 예전의 상태로 돌아가고 있음이 느껴졌다. 싸늘한 저녁 기운이 닭살이 돋은 피부를 통해 전해져 왔다. 저녁 무렵 어슴푸레한 들녘에 앉아 있었던 것이다. 왜 여기에 있었을까?

"많이 피곤하였던 모양이구나."
아버지의 목소리가 들렸다.
"네가 졸길래 아버지도 여기에 있었지."

들일이 끝나고 들어가야 할 시간인데 조씨가 졸면서 선계를 돌아

보고 있었음을 아시고 계셨던 아버지는 깨우지 않고 그대로 바라보
고 있었던 것이다.

· 30 ·

　이런 경험이 있은 이후 조씨는 점차 호흡이 되어 가고 있었으나
저절로 되는 것이라고 생각하고부터는 점차 수련을 게을리하게 된
것이다. 더욱이 조씨는 결혼을 하고 나서는 수련을 까맣게 잊고 있
었다.
　그러나 오늘 용을 보고 나서 생각해 보니 아직 그때의 기운이 자
신의 몸 어딘가에 머물고 있는 것 같았다. 그렇지 않다면 용이 보
일 리 없는 것 아닐까? 이 용이 바로 며느리가 보았던 그 용일까?
　조씨의 머릿속에는 순간에 너무나 많은 생각이 지나가고 있었다.
예전에 할아버지가 일러 주신 말씀이 생각났다.

　'기계(氣界)의 현상을 볼 때는 절대로 두려워하면 안 된다. 아랫
배에 힘을 주고 마음을 단단히 먹은 후 다시 한 번 눈을 뜨고 바라
보면서 천천히 대화를 나누도록 해라. 그리하면 모든 것이 네가 생
각하는 대로 풀릴 것이다.'

　조씨는 용을 정면으로 바라보았다. 용의 눈동자가 다정스레 다가
왔다. 그 눈을 바라보고 있자 눈동자가 점점 커져 왔다. 화등잔만

하였던 눈동자가 접시만 하게, 접시만 하였던 눈동자가 대접만 하게, 대접만 하였던 눈동자가 다시 물동이만 하게, 다시 큰 대야만 하게 커지고 있었다.

그 눈동자 속에 이 세상이 들어 있었다. 이 세상의 모든 일들이 벌어지고 있었다. 희로애락애오욕의 모든 것이 그 안에서 벌어지고 있었다. 용의 눈동자는 이 세상을 대표하는 것이었다.

조씨는 이 용이 바로 이 세상을 자신에게 보여 주려는 신의 뜻임을 알았다. 신은 자신에게 무엇인가 전하려 하는 것이 있는 것이다. 전하려 하는 것이 무엇인가는 좀 더 생각해 보아야 알 것 같았으나 반드시 무엇인가 전하려 하는 것이 있음이었다. 바로 며느리가 본 그 용이 자신의 집안에 태어날 엄청난 후손임을 조씨는 느낌으로 알 수 있었다.

'큰일이 벌어지겠구나!'

대단한 손자가 태어날 것 같았다. 며느리는 원래 마음이 곱고 솔직하였다. 그 애가 거짓말을 할 리는 전혀 없었다. 아마도 무엇인가 큰일이 벌어지고 있는 것은 틀림없었다. 집안에 경사가 날 것이다. 경사도 보통 경사가 아닐 것이다. 이것은 사건이 될지도 모른다. 손자는 아마도 집안을 일으켜 세울 큰 인물이 될 수 있으리라.

별에서 온 아기

· 31 ·

조씨의 예상은 적중하였다. 며느리가 산기를 느끼자 집 주변에 서기가 어리기 시작하였다. 해질녘, 집 주변을 안개와 같은 것이 에 워싸는 것이었다. 평소에는 보지 못하던 안개가 바람이 불지 않는 데도 집 주변을 둥그렇게 에워싸는 것이었다. 처음에는 보일 듯 말 듯 하던 안개가 점점 진해지며 밖에서 집이 보이지 않을 만큼 진하 게 둘러싸는 것이었다.

동네 사람들이 보기에도 이상할만치 연기와 같은 것이 집을 둘러 싸고 있었다. 연기와 같이 보였지만 연기는 아니었다. 연기라면 숨 을 쉬기 불편할 것인데 호흡을 하기에 전혀 불편함이 없었다. 뿐만

아니라 출산 시간이 다가오자 연기와 같은 기운 속에 무지갯빛이
어리는 것이었다.

해산 시각이 다가옴에 따라 점점 무지갯빛이 진해져 왔다. 살아
있는 무지갯빛이 진해지더니 어느 순간 갑자기 그 빛이 한 곳으로
모이며 집 주변을 360도로 돌기 시작하였다. 도는 속도가 점점 빨
라지더니 드디어는 광속(光束)으로 돌기 시작하였다. 광속으로 돌
던 빛줄기가 한 점으로 모이는 동시에 무서운 속도로 우주 전체를
누비기 시작하였다. 우주 전역을 누비던 빛의 점은 어느 순간 이진
사의 집으로 서서히 움직이기 시작하였다.

이진사의 집은 아직 구름과 같은 기운에 싸여 있었다. 그 속으로
기운의 빛이 서서히 들어가기 시작하였다. 한 점으로 모인 빛이 점
점 속도를 높이기 시작하였다. 한 개의 별처럼 보이기도 하는 이 광
기(光氣)는 처음에는 서서히 움직였으나 점차 빠른 속도로, 그러나
직선으로 들어오는 것이 아니라 사방으로 이리저리 돌면서 내려오
고 있었다.

이리저리 도는 모양이 어떠한 형체를 이루는가 싶더니 오각뿔형
의 별 그림을 그리는 것과 같은 모양으로 움직이며 내려오고 있었
다. 움직임이 너무 빨라서 오각뿔형의 별이 내려오고 있는 것처럼
보였지만 사실은 한 점이 레이저쇼 하듯 움직이므로 그렇게 보이는
것이었다. 바라보는 사이 어느 순간엔가 오각뿔의 점이 육각뿔(유대
인들의 별) 모양으로 바뀌어 있었다.

이 별이 하늘을 전부 가릴 만큼 컸으나 점차 반지에 붙일 수 있을

정도로 작아지면서 다가오고 있었다. 하지만 너무나 영롱한 빛을 발하고 있었다. 아주 작은 별이면서도 우주 전체를 대표할 수 있을 만큼의 기운을 보유하고 있는 것 같았다. 그러한 기운을 보유한 작은 별의 모습을 한 기운이 점점 이진사의 집을 향하여 내려오고 있었다.

기운이 다가옴에 따라 이진사의 집을 에워싸고 있는 기운들도 서서히 빛이 변하기 시작하였다. 회색을 띠고 가만히 있던 기운들이 흰색으로 바뀌며 점차 힘을 얻은 듯 서서히 집 주변을 돌기 시작하였다.

이 기운들의 색깔이 점차 무지개 빛으로 바뀌며 진해지기 시작하였다. 우주에서 내려오는 빛이 다가옴에 따라 집 주변을 에워싸고 있던 기운의 빛들의 동조 현상이 증가하였다. 집을 에워싸고 있는 기운들의 빛이 점차 밝아지며 아주 작은 한 개 한 개의 빛의 점으로 바뀌기 시작하였다.

이 아주 작은 점 하나 하나가 수백만 개가 모인 기운들이 모두 하늘에서 내려오는 기운과 동조하여 움직이기 시작하였다. 모두가 오각과 육각의 뿔 모양으로 움직이며 하향하는 별을 맞이하고 있었다.

경이였다.

· 32 ·

이진사와 조씨는 이들의 움직임을 바라보며 하늘에서 내려오는 별 기운을 바라보고 있었다. 거리가 가까워옴에 따라 별의 모습이 점차 뚜렷이 보이기 시작하였다. 동그란 모습이었다. 아주 작은 동그라미가 빠른 속도로 별의 모습을 그리며 내려오므로 별처럼 보이기는 하였으나 움직임을 멈추는 순간순간 원의 모습이 보였다. 이 원 안에 무엇인가가 들어 있었다.

아기였다. 아주 작은 아기가 한 명 들어 있었다. 너무 작아서 차마 손도 댈 수 없을 정도이지만 명확히 아기임을 알아볼 수 있는 형상이었다. 손톱 위에 올려놓아도 뛰어놀 수 있을 만큼 작은 아기였다. 그 아기가 비눗방울 같은 원형 속에서 가만히 누워 있었다. 원의 움직임이 별의 모습을 그리기 위하여 심하게 움직이고 있는데도 전혀 느끼지 못하고 쉬고 있는 것처럼 보였다.

원의 내부에는 움직임이 없으나 외부에서만 움직임이 있는 것 같은 모습이었다. 이진사와 조씨는 그렇게 작은 모습이 이렇게 선명하게 보이는 것을 이해할 수 없었다. 자신들의 노안으로는 평소에 그렇게 작은 것은 보이지 않았던 것이다.

다시 한 번 눈을 비비고 들여다보자 아무것도 보이지 않았다. 어느 순간 빛은 사라지고 주변은 다시 어슴푸레한 저녁때가 되어 있었다. 갑자기 집 안에서 아기 울음소리가 들렸다. 모든 것이 꿈결처럼 지나간 것이다. 며느리가 산기를 느낀 이후 용을 본 것, 그리고 아기가 태어난 것 모두 찰나의 일만 같았다.

아기의 얼굴을 처음 본 이진사 내외는 손자의 얼굴이 왠지 범인의 얼굴보다 못한 것 같았다. 아들 녀석을 닮았다면 그런 대로 괜찮을 얼굴상을 타고났을 법하였건만 전혀 아닌 것 같았다. 그렇다고 며느리를 닮은 것도 아니었다.

그러나 어쨌든 용의 기운을 타고 태어난 녀석이니 무슨 일이든 할 것 같았다. 조심스레 키워 볼 작정이었다. 동네에서도 이 집 며느리의 일은 사람들이 전부 알고 있었다. 지함*을 임신하고 용꿈을 꾸고 난 후 힘이 넘치는 것하며 사람들이 이상하게 생각하는 일들이 한두 가지가 아니었다. 어쨌든 범상한 아이가 아닌 것만은 분명하였다.

· 33 ·

지함은 자라면서 별로 말이 없었다. 사람들의 기대가 한 몸에 모아져 있었음에도 지함은 그런 것을 알고나 있는지 전혀 다른 아이들과 차이가 없었으며 차이가 있다면 말이 없는 것뿐이었다. 누가 무슨 말을 묻기 전에는 말을 하는 법이 없었다. 도대체 무슨 생각을 하고 있는 것인지 알 길이 없었다. 표정도 행동도 전혀 어떠한 의사가 드러나질 않았다.

지함의 탄생에 대한 이야기는 사람들의 입에서 점차 잊혀져 갔다. 둘만 모여도 지함의 이야기를 반복하던 동네 사람들은 점차 생업에 치중하였으며 이진사 역시 기대는 하면서도 딱히 특별한 점을

---

*훗날의 토정 이지함.

발견치 못하고 지함을 살펴보고 있었다.

커 가면서 점점 지함은 누가 물어도 잘 대답하는 법이 없었다. 그가 말하는 것은 반드시 해야 할 말만 하는 것이었다. 따라서 어른들이 대하기에도 쉽지 않은 성품을 지닌 것으로 생각되었으나 그가 하는 말이면 항상 이치에 맞는 것이었으므로 누구나 지함이 큰사람이 될 것으로 믿고 있었다.

옳지 않은 말이면 아예 입을 열지 않았을 뿐더러 한마디를 하여도 그 무게가 천근만근이었다. 이렇게 된 이유는 지함이 말의 기운을 느끼고 나서부터였다.

지함은 일찍이 말을 하기 전부터 말의 힘을 알고 있었다. 말은 인류가 의사를 소통하는 수단이며 이 말에 의해 인간세상이 움직여지고 있음을 알고 있었다. 말의 힘이란 너무나 엄청났으며, 말의 힘에 기운을 조금 추가하면 세상을 움직일 수 있음을 알고 있었다.

이 세상은 너무나 넓은 것 같으면서도 또한 좁았다. 보는 각도에 따라 너무나 넓으면서도 어떻게 보면 너무나 좁았다. 보는 각도란 나의 입장에서 보는가, 우주의 입장에서 보는가의 차이였다. 지함은 인간으로 있으면서 한 인간인 자신의 입장에서 세상을 보았지만 가끔은 우주의 입장에서도 세상을 보았다.

우주는 왠지 자신의 옆에 있는 것 같았다. 때로는 자신과 하나인 것 같다고 생각하였다. 우주가 자신과 하나이므로 저 하늘 밖으로 나가면 한없이 따뜻할 것 같았다. 아직 그곳으로 나간 사람이 없어서 모르겠지만 반드시 이곳보다는 좋은 그 무엇이 있을 것 같았다. 그곳에 어떠한 것이 있는지 아는 사람은 없는 것 같았다. 아무도 없음은 지함이 어릴 때부터 감으로 알고 있었다.

지함은 감이 예민하여 다른 사람이 알지 못하는 것을 알고 있는 경우가 왕왕 있었다. 하지만 다른 사람들은 지함이 알고 있는 것인지 모르고 있는 것인지 그가 말을 하지 않으므로 알 수가 없었다. 다만 말은 하지 않으나 옳은 말만 하므로 지함은 모든 것을 알고 있는 것으로 생각할 뿐이었다.

때로는 집안 어른들도 옳은 말만 하는 지함이 어려운 점이 있었으나 옳고 바른 행실로 이름나 있었으므로 집안에서는 별로 어려운 점이 없었다. 허나 지함의 부모나 이진사는 걱정이 되는 바도 없지 않았다.

이 아이가 혹시 천지의 이치를 깨우친 것은 아닐까? 천지의 이치를 깨우치면 말이 없어진다고 하였다. 하지만 이렇게 어린 서너 살배기의 아이가 천지의 이치를 깨우쳤다는 말은 들어 본 적이 없는 것 같았다.

신동이라고 해도 대개 말을 배운 이후 글을 배우는 과정에서, 그리고 그것으로 인하여 무엇인가를 깨우치게 되면 신동이라는 소문이 나는 것이었다. 그런데 지함은 그렇지도 않았다.

이 아이는 가만히 있어도 무슨 생각인가를 하는 것 같았다. 다른 아이들은 생각을 하면 움직이거나 생각이 없으면 가만히 있는데 이 아이는 항상 가만히 있으면서 무슨 생각인가를 하고 있는 것 같았다. 가만히 있는 것 같아도 가만히 있는 것이 아니었다. 눈동자가 항상 무엇인가를 찾고 있었으며 살아 있었다. 눈빛이 살아 있다는 것은 생각이 있음을 말해 주는 것이었다.

지함은 눈의 초점이 가까이 있는 것이 아니고 항상 멀리 있었다. 어딘가 먼 곳을 생각하고 있는 것이었다. 그 먼 곳이 사람들이 생각하고 있는 곳보다 훨씬 더 먼 곳임을 이진사는 느낌으로 알고 있었다.

이진사는 아직까지 그렇게 먼 곳을 생각해 본 적이 없었다. 이진사는 어딘가 먼 곳에서 코가 크며, 머리가 노랗고, 피부가 하얀 사람들이 배를 타고 왔다 간 적이 있다는 것과, 아주 새카마면서 입만 빨간 사람들이 함께 타고 있더라는 등의 이야기를 들은 적은 있었다. 입고 있는 옷도 자신들의 것과는 전혀 다르다고 하였다.

그러한 곳이 있다는 것이 거짓말이 아닌 것만은 틀림없었다. 이진사도 수련 중에 어딘가 이상한 곳을 돌아본 적도 있기 때문이었다.

다른 차원의 세계로

· 34 ·

언젠가 한겨울에 새벽수련 중의 일이었다. 갑자기 사방에서 뜨거운 바람이 불어와 집에 불이 난 것은 아닌가 하는 생각으로 밖으로 나와 보았으나 이상이 없는 것을 알고 다시 들어가 수련을 하려고 하자 자신이 지금까지 살고 있던 곳이 아님을 알고 깜짝 놀랐다.

전혀 다른 곳에 와 있는 것이었다. 수련 중 집에서 잠시 나왔다가 돌아보는 순간 다른 공간으로 이동해 버린 것이었다.

선배 도인으로부터 수련을 올바로 하지 않는 경우에 이러한 일이 있을 수 있음을 들어서 알고 있었다. 수련 중 강력한 의념에 쌓인

공상으로 소일하다가 시공을 초월하여 자신도 모르게 양신(陽神_수련자의 기적인 분신)을 이동시켜 버린 것이었다.

놀라서 다시 쳐다보니 지금까지 한 번도 보지 못하던 이상한 나무들이 자라고 있는 곳이었다. 이러한 나무들이 있다는 것은 들은 바조차 없었다. 뿐만 아니라 풀 역시 달랐다. 자신이 살고 있는 조선에서는 이제껏 보지 못한 풀들이었다. 이곳저곳을 돌아보자 사람들이 살고 있지 않음을 알 수 있었다.

하지만 무엇인가 있을 것 같았다. 이진사는 길을 찾아 나섰다. 가까이에 길이 있을 것 같지 않아 우선 물이라도 찾아서 가다 보면 길도 만날 수 있을 것 같았다. 물을 찾으려면 내려가야 할 것이었다. 그러나 평원 지형이므로 그리 내려갈 것도 없었다. 금방 야산을 내려왔으나 더 이상 찾아갈 곳이 없었다.

주변 지형이 다시 바뀌어 있었다. 절반은 사막인 곳이었다. 언뜻 보면 환상인 것 같았으나 만져 보면 만져지는 것으로 보아 환상은 아니었다. 실물임에도 이렇게 바뀌고 있는 것이었다.

'내가 수련을 단단히 잘못하여 이러한 꼴을 당하게 되었구나. 하지만 길은 있을 것이다.'

선배 수련생의 경우에도 이렇게 흘렸다가 다시 돌아간 적이 있다고 하였다. 양신이 이동하면 반드시 그 자국이 남는다고 하였다. 나중에 돌아가게 되면 꼭 그 자국을 찾아서 이곳이 어디인가 확인해 보리라.

　하지만 그것은 그때의 이야기이다. 지금은 우선 여기가 어디인가 알아야 하였다. 걷고 또 걸어서 해질녘이 되었는데도 아무런 사람의 흔적이 보이지 않았다.

　'이곳은 사람이 살지 않는 곳이란 말인가?'

　이진사는 주변을 돌아보며 모처럼 수련 중에 온 장소이지만 한 번쯤은 누군가와 만나서 이야기라도 나누어 보고 싶었다. 하지만 아무도 없었다.

　'내가 이곳에 온 것은 반드시 이유가 있을 것이다. 이유가 없이 이곳으로 올 리가 있겠는가? 필경 무엇인가 배워 갈 것이 있을 것이다. 한 가지라도 배워서 나가야 한다.'

　이진사는 새삼 각오를 다지며 계속 앞으로 걸어갔다. 수련 중의 시간이라고 생각하였으므로 얼마의 시간이 흘렀는지 생각지 않기로 하였다. 아마도 돌아가서 보면 차 한 잔 마실 시간도 흐르지 않았거나 아니면 아예 자손들이 아무도 없는 먼 미래가 되어 있을 수도 있을 것이었다.

　해가 저물고 있었다. 어슴푸레한 저녁 평원을 걸어가면서 이진사는 문득 밤 기운에 휩싸여 어디론가 또 다른 곳으로 가는 것은 아닌가 하는 생각이 들었다. 이렇게 기운에 밀려 이리저리 다니다가는 정말로 어디론가 모르는 곳으로 영원히 가 버리는 것은 아닐까?

그럴 수는 없었다. 마누라와 며느리, 아들과 손자, 김참봉, 박첨지, 마을 사람들이 차례로 머릿속에서 지나갔다. 계속 서쪽을 향하여 걷고 있는데 아주 멀리서 짐승이 울부짖는 것 같은 소리가 들렸다. 그 소리는 점점 커졌으며, 엄청난 진동을 수반하고 있었다.

가만히 들어 보니 하늘이 울리는 소리였다. 서편의 하늘이 울리며 엄청난 소리를 내고 있었다. 구름과 같은 것이 갈라지며 무엇인가가 보이다가 말다가 하였다. 구름처럼 보였으나 구름은 아니었다. 이곳은 무엇인가 이상한 것들이 있는 곳이었다.

자세히 보자 땅도 그냥 땅이 아니었다. 보석 가루를 뿌려 놓은 것 같은 것이었다. 바위도 그냥 바위가 아니었다. 보석 조각들이 모여서 바위의 모습으로 만들어진 것이었다. 하늘의 진동에 의해 구름과 같은 것들이 갈라지더니 갑자기 또 하나의 태양이 나타났다.

'방금 저녁 무렵이었는데 무슨 해가 또 하나 나타난단 말인가? 괴이한 일이로다.'

이진사는 새로이 나타난 태양을 바라보면서 으스스한 기분을 느꼈다. 무엇인가 이상하였다. 태양은 태양인데 따뜻한 태양이 아니었다. 냉광(冷光)이 쏟아지고 있었다. 태양이 뜨면 뜰수록 찬 기운이 몰아치고 있었다. 태양이 점차 하늘로 솟아오르자 견딜 수 없을 정도의 냉기가 주변을 메우고 있었다.

이 냉광에 따라 모든 사물들이 변하고 있었다. 냉광이 쏟아지는 동안 주변의 모든 사물들이 오그라들고 있었다. 눈에 보일 듯이 오그라든 사물들이 점차 작아지고 있었다. 이럴 수가 있는가?

빛의 횡포였다. 그가 사는 동네에서는 빛은 곧 삶의 원천이요, 생명이었다. 그런데 이 별에서는 전혀 아닌 것이다. 빛이 있음으로 인하여 모든 사물들이 기를 펴지 못하고 있는 것이다. 기를 펴지 못할 뿐만 아니라 생명을 잃어 가고 있는 것처럼 보이는 것도 있는 것 같았다.

'이럴 수가! 어쩌면 이럴 수가 있단 말인가?'

빛은 적어도 어둠보다는 나아야 했다. 빛이란 그 나름으로 양의 논리를 가지고 있으며 음의 논리를 가진 어둠에 비하여 생명체를 활성화시키기 위한 그 무엇이 있어야 했다. 빛이 있음은 생명이 탄생할 수 있는 최소한도의 조건이라고 생각해 왔던 것이었다.

이진사는 빛이 비치지 않고 있는 곳을 보았다. 모든 것이 빛이 비치고 있는 곳에 비하여 기를 펴고 있음을 알 수 있었다. 빛이 비치지 않는 곳을 보면 정확히는 집어낼 수 없어도 모든 것이 무엇인가 다른 것을 알 수 있었다.

'모든 것이 전혀 반대인 세상에 와 있는 것일까? 내가 이 나이 되도록 이러한 세상이 있음을 들어 본 적이 없다. 그렇다면 내가 헛살아온 것일까? 아니면 이 세상에는 내가 모르는 다른 것들이 많이 있는 것일까?

이진사는 이런저런 생각을 하면서 앞으로 서서히 걸어갔다. 발바닥을 스치는 모든 것들이 그렇게 고울 수가 없었다. 모래 위를 걷고 있음에도 비단 위를 걷는 것 같았다.

'이렇게 고운 곳이 있다니! 정말 세상은 알 수 없는 곳이로구나.'

이진사는 자신이 추위를 타지 않고 있음을 알았다. 상당히 싸늘한 날씨임에도 전혀 추위를 타고 있지 않은 것이다. 문득 자신의 주변에서 기(氣)적인 어떤 일이 일어나고 있음을 알 수 있었다. 자신의 몸을 내려다보았다. 몸 주변을 약 한 치 정도의 황금색 빛이 둘러싸고 있는 것이었다. 그 기운 속에 온도조절 기능이 있는 것 같았다.

이진사는 앞으로 왼손을 가만히 내밀어 보았다. 황금색 기운이 손을 장갑처럼 둘러싸고 있었다. 가만히 의념으로 장갑처럼 손을 둘러싸고 있는 기운을 벗겨내 보았다. 천천히 황금색 기운이 옅어지며 장갑 같은 기운이 벗겨져 나가고 있었다. 장갑 같은 기운이 벗겨져 나가며 서서히 손에 차가운 기운이 닿고 있었다. 기운이 황금빛에서 점차 하얘지며 사라지자 왼손이 더없이 시려왔다.

한겨울 영하 수십 도의 바깥에 있는 것처럼 손이 시려오는 것이다. 마치 얼음물 속에 몇 시간 동안 담가 놓았던 것처럼 손이 뼛속까지 차가워지는 것이다. 아차 하는 생각이 들자 이진사는 다시 기운을 불렀다. 하지만 기운이 돌아오지는 않았다.

손은 점점 시려왔지만 손을 둘러싸고 있던 기운은 어디론가 가버리고 아무런 보호장치도 없는 상태의 손이 되어 버린 것이었다. 점점 시려오던 손이 드디어는 감각마저 사라지고 있었다. 동상이 걸린 것도 아닌 것 같은데 손의 감각만 사라져 버린 것이다. 마치 마취를 시켜 놓은 것 같은 상태로 손의 감각이 사라져 버린 것이다.

처음에는 손만 그런 상태였으나 점차 팔까지 감각이 사라져 갔다. 팔의 감각이 사라져 간다는 것은 팔을 둘러싸고 있던 기운이 사라져 감을 뜻하는 것이 아닌가?

가만히 내려다보자 역시 팔을 둘러싸고 있던 황금빛 기운이 사라져 가고 있었다. 미색으로 변하며 사라진 기운은 안개처럼 돌다가 점점 허공으로 흩어지고 있었다. 다시 잡을 수도 없는 기운이었다. 사라지고 나면 보충이 불가능한 기운이었다.

다른 기운은 의식으로 잡을 수 있었다. 의식으로 부르면 모이고 의식으로 보내면 가기도 하는 그러한 기운이었다. 하지만 지금 있는 곳은 전혀 그렇지 않았다. 마음대로 기운이 운용되지 않고 한번 떠나면 기운이 자연스레 흘러가 버리는 것이었다.

기운이 흘러가 버린다는 것은 통제할 수 없음을 뜻하는 것이기도 하였다. 이러다가 자신을 둘러싸고 있던 모든 기운이 이렇게 사라져 버리는 것은 아닐까? 그렇게 된다면 나의 의식세계를 찾는다고 해도 다시 돌아갈 확률은 없어지는 것일까?

　이진사는 문득 지금 수련 중이라는 생각이 들었다. 수련 중 강한 의념에 잡혀 있다가 생각이 길을 잃은 것이다. 생각을 잡으면 다시 돌아갈 수도 있을 것 같았다.

무의식에서 길을 잃다

· 35 ·

어깨까지 시리다가 감각이 사라져 갔다. 이러다가는 자신의 모든
것을 전부 다 잃을 수도 있을 것 같았다. 빨리 생각을 가다듬고 자
신을 찾아야 하였다. 하지만 자신을 찾기에는 너무 길이 멀었다.

자신을 어떻게 찾는단 말인가? 자신의 위치를 찾아 마음의 눈을 이리저리 돌려 보았다.

기운이 점점 사라져 갔다. 이진사는 기의 보충을 위해서 심호흡을 서너 번 하였다. 심호흡을 하자 약간 나아지는 것 같았다.

'그렇다.'

이진사는 호흡으로 들어가야 현재의 위난에서 벗어날 수 있음을 알았다.

'그래, 호흡이야. 왜 호흡을 생각지 못했던가?'

이진사는 단전으로 강력하게 기운을 끌어들이며 호흡을 시작하였다. 의외로 순수한 기운이 끌려 들어왔다. 전에 나갔던 기운마저 다시 돌아오는 것이었다.

이진사는 현재의 상태가 자신이 무의식적으로 원하고 있던 상태임을 알았다. 의식세계가 아닌 무의식의 세계가 모든 것을 조종하고 있었던 것이다. 무의식은 이진사를 호흡으로 이끌었고, 이진사는 다시 호흡으로 의식세계를 찾아갈 수 있었던 것이다.

무의식의 세계가 의식세계로도 통제가 안 되던 이곳을 통제하고 있는 것이다. 무의식의 힘은 정말 무서운 것이었다. 의식의 힘만 힘이고 무의식의 힘은 힘이 아니라고 생각하던 이진사의 생각은 지금 전환의 시점을 맞이하고 있었다. 무의식의 힘이 자신을 살릴 수 있을 것이라는 생각이 든 것이다.

무의식의 힘!

무의식은 인간의 의식이 없는 것인가? 아니면 있으면서 작용이 되지 않는 부분인가? 아니면 아주 없는 의식일까?

아닌 것 같았다. 자신의 내부에서 자신을 조종하고 있는 가장 근본적인 의식이 바로 무의식인 것이다. 이진사는 자신이 방금 무의식을 보았음을 알았다. 무의식을 느끼고 깨달은 것이다. 자신은 방금 무의식의 세계로 들어온 것이다. 들어왔다가 다시 무의식을 가지고 의식세계로 들어간 것이다.

의식이란 무엇이고, 무의식이란 무엇인가? 의식은 살아 있는 생각이고, 무의식은 죽어 있는 생각인가? 아닌 것 같았다. 무의식은 나를 움직이고 있는 바다 속 깊은 곳의 생각과 같은 것이었다. 의식은 그 바다의 파도처럼 표면상으로 보이는 것일 뿐이었다. 눈에 보이는 것이 의식인 것 같지만, 사실은 눈에 보이지 않는 부분이 정말로 자신을 움직여 나가고 있었던 것이다.

그렇다면 나는 무엇에 의존하며 살아온 것일까? 나를 살아가게 만든 것은 무엇일까? 나는 무엇을 좇아가며 살았는가? 무엇이 나를 살아가게 만들었는가? 나를 태어나게 만든 것은 무엇인가?

내가 이 나이 되도록 나 자신에 대하여 제대로 알고 있는 것은 무엇인가? 아무것도 없었다. 나는 나를 제대로 알지도 못할 뿐 아니라 그럼으로 인하여 남 역시 알지 못하고 있는 것이다. 나를 제대로 알지 못하면서 남을 어떻게 안단 말인가?

아니다. 남을 알면 나를 알 수 있는 것 아닐까? 남은 나의 또 다른 모습일까? 나를 모르면 알 수 없는 것은 나인가? 남인가? 남과 나의 차이는 무엇인가? 나는 무엇이 다른 사람과 다른가? 다른 사람은 또 나와 무엇이 다른가? 생긴 것이 다른가? 아니면 살아가는 방식이 다른가? 먹는 것이 다른가?

……?????

이 세상에 아는 것이 하나도 없었다. 아는 것이라곤 내가 살아 있다는 것과 살아 있는 시간이 별로 많지 않음에 대한 것이었다. 그렇다면 나는 어떻게 살아야 나머지 생을 마무리지을 수 있을 것인가?

다른 것은 전부 제대로 되지 않을는지도 몰랐다. 하지만 나에 대하여서만은 정확히 알고 싶었다. 나 하나 제대로 알지 못하면서 무엇을 알았다고 할 것이며, 나 하나 제대로 알지 못하면서 무슨 삶을 살았다고 할 것인가?

사람이 살아 있음은 무엇인가? 살아 있음으로 인하여 무엇을 얻을 수 있는 것인가? 인간은 삶을 통하여 자신을 다시 한 번 확인할 수 있는 기회를 갖는다. 이 기회는 인간으로 하여금 현재의 자신의 모든 것을 던져 본래의 자신의 모든 것을 찾아갈 수 있도록 해 주는 것인가?

현재의 자신은 본래의 자신과 무엇이 다른가? 본래의 자신은 현재의 자신에게 얼마만큼을 투자하는 것인가? 이 투자한 것을 나는 어떻게 가꾸어 가야 하는 것인가?

어쨌든 가야 할 것 같았다. 가야 할 길이 아직 너무나 많이 남아 있는 것이다. 이 너무 많이 남아 있는 길은 정말로 잘 가야 할 길인 것이다. 살아 있는 동안은 가지 말아야 할 길도 있는 것 같았다.

하지만 이 순간에는 아무런 판단도 되지 않았다. 살아 있음을 느낄 때는, 즉 속세에 있을 때는 모든 것을 과감하고 신속히 처리하던 자신이 아니었던가? 그러한 내가 왜 이렇게 판단의 기준을 잃어버리고 혼돈 속에 있는 것인가? 내가 가지고 있던 세상을 재는 잣대는 어디로 간 것일까?

그래도 나름대로 나의 잣대가 세상을 재는 데 유용하게 사용되어 왔다고 생각했었다. 그런데 그것이 아닌 것 같은 것이다. 내가 사용하던 잣대가 현재의 상태에서는 아무런 소용이 없게 되어 버린 것이다.

· 36 ·

지금 나는 어디에 와 있는 것인가? 이곳은 도대체 어떠한 곳이기에 나의 생각이 이렇게도 무뎌져 버린 것일까? 속세에서 사용하던 잣대는 속세에서만 사용할 수 있는 잣대인가? 그렇다면 지금 내가 있는 이곳에서는 새로운 잣대를 만들어야 하는 것인가? 새로운 잣대는 무엇으로 만들어야 하는 것인가? 그 잣대는 무엇을 재려고 만

들어야 하는 것인가?

　어쨌든 자를 만들기는 만들어야 할 것 같았다. 이왕 만들 바에야 이 세상의 모든 것을 잴 수 있는 자를 만들어야 할 것 같았다. 지금까지 내가 가지고 있던 자는 나름대로 쓸모가 있었다고 생각하였지만 여기에서는 아무 소용이 없었다. 그렇다면 지금 자를 만들어 여기에서 사용한다고 해도 다시 속세로 돌아가면 다른 또 하나의 자를 만들어야 할 것 아닌가?

　옛날의 자를 어떻게 만들었는지 생각이 나질 않았다. 그때 자를 어떻게 만들었는지 알아야 지금 또 다른 자라도 만들 것이 아닌가?

　이진사는 가만히 예전에 무엇을 기준으로 삶을 재는 자를 만들었는지 생각해 보았다. 자신의 생각이었다. 자신이 살아오면서 배워온 것을 기준으로 자를 만들었던 것이다. 그 기준은 자신이 터득한 지식이었다. 그렇다면 그 지식은 정확한 것이었을까? 아닌 것 같았다. 당시에는 정말로 더 이상의 잣대가 없다고 생각하였던 것이 지금 생각하니 아무것도 모르고 한 짓 아닌가?

　사람의 일이란 알 수 있다고 생각했던 것도 모르는 것이었으며 모르겠다고 생각하였던 것도 알 수 있는 것들이 있었다. 이러한 일들이 어떠한 연유로 일어나고 있는가에 생각이 미치자 근본을 탐색하여야 할 것이라는 생각이 든 것이다.

　근본이란 어디에 있는 것인지 다시 한 번 모든 것을 재점검하여야 할 필요가 있었다. 무엇이었던가? 내가 이렇게 이 세상에 태어나 모든 것과 만나고 헤어지며 이 세상을 전부 안 듯이 하며 살아왔던 것은 그 무엇이었던가?

인간 세상의 짧은 지식으로 모든 것의 해답을 구하고, 그 해답으로 모든 것을 풀 수 있을 것이라고 생각하였던가? 비록 40여 년의 한평생이었지만, 나름대로 똑똑하다는 평을 듣고 있던 자신이었지만 그것은 아무것도 아니었다.

이 세상이 그렇게 단순한 것도 아니었으며, 단순하다고 생각했던 것이 엄청나게 복잡한 것이었다. 인간의 힘으로는 풀 수 없는 문제가 거기에 있었다.

이 문제를 풀 수 있다면 수련에 있어 모든 어려움은 결코 장애물이 될 수 없을 것이라는 생각이 들었다. 나아가 어떠한 해답도 알아낼 수 있도록 된다면 그 이상의 공부가 더 이상 무슨 필요가 있으랴?

그 다음엔 중생을 구하는 일에 나서리라. 중생을 구하는 일이 가능한 것인가 여부에 대하여도 자신이 없기는 하였다. 구할 수 있다면 하늘이 그냥 놓아두었겠는가? 하늘도 할 수 없는 일을 내가 하려 한 것은 아닐까?

인간 세상은 극에서 극이 혼재되어 있는 것 같았다. 이러한 혼재는 혼돈을 불러오고 혼돈은 무질서를 불러, 결국은 인간이 방향을 잃게 만들고 이 잃어버린 방향을 가지고 자신의 삶을 살아가게 만들면서 자신의 길을 스스로 알아내도록 하고 있었다.

그런데 자신의 길을 알아낸다는 것이 그렇게 쉬운 일이던가? 공부께나 했다고 자부하는 내가 이렇게 헤매고 있지 않는가? 나는 정말 잘하고 있다고 생각하였건만 지금 와서 보니 그것도 아니었던 것이다.

그렇다면 내가 알고 있는 사람 중에 나보다 못한 사람들은 어떻게 하여야 한단 말인가? 나는 그래도 갈 수 있을 만큼은 온 것이다. 하지만 혼자서 갈 수도 없는 사람들이 배움의 길마저 없을 때는 어떻게 자신의 길을 갈 수 있단 말인가? 자신의 길이란, 이렇게 어려운데 어느 방향으로 가야 한단 말인가?

이진사는 혼돈 속에서 다시 한 번 심호흡을 하였다. 심호흡을 하는 순간 의식이 맑아져 옴을 느꼈다. 의식이 맑아져 온다는 것은 제정신이 든다는 것이 아니던가?

호흡으로 가야 할 것을 생각으로 가려 한 것은 아니었던가? 그렇다. 호흡으로 가야 할 것이었다. 생각으로 가는 길이 아니었던 것이다. 생각으로 갈 수 있었다면 나보다 더 생각을 많이 하고 더 많이 공부했던 사람들이 모두 갔을 것이었다. 생각으로 갈 수 없는 곳이므로 가지 못한 것이었을 터였다.

생각은 아니다. 그렇다면 생각은 언제 하여야 하는 것인가? 생각이란 필요 없는 것은 분명 아니었다. 반드시 필요한 것이었다. 그럼에도 생각만으로 갈 수 있는 것은 아닌 것이다. 생각이 없어도 안 되면서도 생각만으로는 갈 수 없는 진리의 길…….

그렇다. 진리의 길은 생각만으로 갈 수 있는 길은 아닌 것이다. 생각을 뒷받침해 주는 그 무엇인가가 있어야 하였다. 생각을 뒷받침해 주는 것이 아니라 생각은 방향을 정해 주는 것이며, 생각이 진행되도록 밀어 주는 것은 호흡이었다. 호흡과 생각을 병행하여야 나아갈 수 있는 것이었다.

그렇다면 어떤 것이 먼저이던가? 생각이었던가? 아니면 호흡이었던가? 생각으로 호흡을 이끌어 내어야 하는 것인가? 호흡으로 생각을 이끌어 내는 것인가?

호흡은 살아 있는 한 하여야 하는 것이다. 생각 역시 살아 있어야 할 수 있는 것이다. 그렇다면 살아 있음은 이 두 가지로 증명되는 것인가?

아닌 것 같았다. 생각은 자면서는 할 수 없는 것 아닌가? 깨어 있으면서도 생각이 없는 경우가 많았다. 아무런 생각이 없이 멍하게 있는 것은 생각을 하는 것인가? 아닌 것인가?

생각을 한다면 멍하게 있을 수 없을 것 같았다. 무엇인가 머릿속을 움직이도록 하는 것이 있을 것이었다. 생각은 어디로 하는 것인가? 머리로 하는 것인가? 아니면 가슴으로 하는 것인가? 머리가 없으면 생각을 할 수 없을 것인가?

생각은 머리로만 하는 것은 아닌 것 같았다. 가슴과 연결되어 있는 것 같았다. 무엇인가 생각을 할 때는 가슴이 이상하게 답답하거나 시원해져 오는 것을 느끼고 있던 터였다. 그러나 그러한 증상은 가슴에서만 일어나는 것은 아닌 것 같았다. 온몸이 그러한 증상을 느끼고 있었던 것 같았다. 무엇인가가 잘 되지 않을 때는 가슴이 답답하고 그로 인하여 온몸이 답답해져 감을 느끼고 있었던 것 같았다.

무엇이었던가?

이러한 모든 해답은 호흡으로 풀어야 하는 것인가?

이진사는 다시 가슴이 답답해져 옴을 느꼈다. 그렇다면 생각이 아니라는 말인가? 생각은 할수록 답답해져 오는 경우가 많았다. 그러나 호흡은 할수록 시원해져 오는 경우가 많았다.

'그렇다. 호흡인 것이다. 호흡이 사람을 살아가도록 만드는 것이다.'

하지만 확신이 없었다.

'호흡으로 과연 나는 어디까지 갈 수 있을 것인가? 호흡으로 갈 수 있는 거리는 어디까지일까? 내가 가고 싶은 곳 어느 곳이나 갈 수 있는 것일까? 그렇다면 내가 가고 싶은 곳은 어느 곳일까? 어디에 가야 하는 것일까? 그곳에 간다면 나는 무엇을 하고 싶은 것이며 그것을 이룰 수는 있을 것인가?'

호흡이라면 가능할 것 같았다. 지금까지 호흡으로 해 온 것이 있었다. 호흡의 힘을 실감하며 살아온 것이다.

호흡…….

그래, 호흡밖에 더 있겠는가? 호흡을 가다듬어야 할 것이었다. 호

흡을 가다듬어 다시 예전의 나로 돌아갈 필요가 있었다. 예전의 나
라면 이렇게 호흡이 무뎌져서 고생을 하지는 않았을 것이었다.

　호흡을 처음 익히던 시절이 떠올랐다. 이진사 역시 자연에서 호
흡을 배웠다.

숨쉬는 우주

• 37 •

다섯 살 반의 어린 시절, 이진사는 마루에 앉아 구름이 흘러가는 것을 보고 있었다. 구름은 왜 흘러가고 있을까? 바람은 땅에서만 부는 것인 줄 알았다. 구름은 하늘에 있는데 그곳에는 바람이 없을 것 같았다. 그런데도 구름이 흘러가고 있었다.

"엄마, 구름이 왜 흘러가?"
"흘러가는 것이 아니고 바람에 날려 가는 거야."
"그럼 저 높은 곳에도 바람이 불어?"
"그럼."

"바람은 왜 불어?"

"부니까 불지."

"왜 부는 거야?"

"그냥 부는 거야."

"……?"

그럴 리가 없었다. 바람이 그냥 불다니……. 틀림없이 무슨 이유가 있을 것이었다. 그렇지 않고서야 바람이 불 리가 없었다. 바람이 불면 나뭇잎이 날리고, 갈대가 옆으로 누우며, 물결이 일었다.

'이것을 내가 해 볼 수는 없을까? …… 그래, 숨으로 한번 해 보는 거야.'

어린 이진사는 숨을 크게 한 번 들이쉬었다. 그리고는 크게 한 번 내쉬었다. 다시 한 번 들이쉬고는 내쉬었다. 자꾸 해 보자 숨의 양이 점점 더 많아지는 것 같았다. 이렇게 계속하다 보면 나중에는 구름을 날릴 수 있는 것일까? 그럴 수도 있을 것 같았다.

'계속 해 보자.'

이진사는 하늘을 보고 들숨과 날숨을 계속하였다. 호흡이 점점 깊어져 갔다. 호흡에 바다가, 하늘이, 땅이 숨어 있었다. 그 모든 것들이 이진사의 호흡에 맞추어 움직이기 시작하였다. 이진사가 날숨을 쉬면 앞으로 눕고 이진사가 들숨을 쉬면 뒤로 누우려 하고 있었다. 구름이 조금씩 이진사의 호흡에 의해 이리저리 밀리기도 하고 당겨지기도 하며 움직이는 것 같았다.

이진사는 점점 호흡을 깊이 하였다. 모든 것이 호흡으로 조절이 될 수 있을 것 같았다. 이러한 호흡을 하면서 이진사는 호흡만이 모든 것과 통할 수 있음을 알았다. 모든 것과 통하면 모든 것이 함께 움직일 수 있을 것 같다는 생각이 드는 것이었다.

어느 정도 호흡을 하면 모두가 함께 움직일 수 있는 것일까? 아직은 힘이 모자라는 것 같았다. 이 정도의 호흡력으로는 무슨 일을 할 수 있을 것 같지 않았다.

어른이 되면 가능할 것인가? 어쩌면 가능할 것도 같았다. 아직은 안 되지만 언젠가는 자신의 호흡이 하늘과 땅을 움직일 수 있을 것 같다는 생각이 드는 것이었다.

이진사는 다시 구름이 흐르고 있는 이유에 대하여 생각하기 시작하였다. 분명히 구름이 흐르는 이유가 있을 것이었다. 그렇지 않고서야 어찌 구름이 흐른단 말인가?

왜일까? 왜 구름이 흐르는 것일까?

호흡은 나의 호흡만 있는 것일까? 하늘은 숨을 쉬지 않는 것일까? 이 땅은 숨을 쉬지 않는 것일까? 사람이 숨을 쉬고 하늘과 땅이 숨을 쉰다면 그 이상의 우주도 숨을 쉴 것이 아닌가? 숨을 쉰다면 모든 것이 숨을 쉴 것이요, 그렇지 않다면 모든 것이 숨을 쉬지 않을 것이다.

그런데 내가 아는 모든 것이 숨을 쉬고 있지 않은가? 하다 못해 길가에 나 있는 풀까지도 숨을 쉬고 있는 것을 알 수 있었다. 꺾어 버리면 죽어 버리지 않던가?

하늘의 기운과 땅의 기운으로 숨을 쉬고 있음을 알 수 있었다. 어느 기운 중 하나가 없으면 숨은 제대로 쉬어지지 않았다. 동물들은 공기를 통하여 천기와 지기를 받아들이고 있었다.

그렇다면 나는 어느 정도까지의 숨을 쉴 수 있으며 이 숨으로 어느 정도까지 뜻이 통할 수 있단 말인가? 뜻이 통하면 구름을 움직일 수 있을 것인가? 구름을 움직인다고 해서 달라질 것은 무엇인가?

구름이 움직이는 것은 단순히 움직이는 것이 아니라 무슨 이유인가가 있을 것이었다. 어떠한 것도 이유가 없는 것은 없었다. 길가의 돌멩이 하나에서도 이유를 찾을 수 있는 것이었다. 이유란 바로 그것이 그렇게 되어야 하는 원리이자 결과였다.

하물며 하늘에 있는 구름이 이유 없이 움직일 리 없음은 삼척동자도 알 수 있는 것이었다. 구름이 움직이는 이유를 밝혀 보고 말리라. 구름이 움직이는 것은 필경 우주의 어떠한 부분과 연관이 있을 것이다. 아직 어떠한 부분인가는 모르겠지만 어떠한 이유이든 있을 것이다.

그 연유가 어떠한 것이든 밝혀 내고 싶었다. 반드시 답은 있을 것이다. 그 답을 알아내려면 어떠한 과정을 거쳐야 할 것인가?

그냥 알아내려 해서는 안 될 것 같았다. 물음만 쌓여 가고 답은 나오지 않았다. 그러면 무엇으로 알아낸단 말인가?

역시 호흡인가? 호흡은 어떠한 것인가? 들숨과 날숨이 번갈아 가면서 쉬어지는 것이 아닌가? 이 숨은 저절로 쉬어지는 것인가? 아니면 내가 쉬는 것인가?

내가 쉰다고 해도 공기는 무엇인가? 공기가 없이도 숨을 쉴 수 있는 것인가? 공기가 없다면 무엇으로 숨을 쉴 것인가? 물고기는 물속에서 숨을 쉬는데 인간 역시 물로 숨을 쉴 수 있는 것인가?

안 될 것 같았다. 물을 먹으면 금방 배가 불렀다. 공기는 아무리 마셔도 배가 부르지 않았다. 배가 부른 것과는 무관한데 어찌 인간이 살아감에 있어 반드시 필요한 것인가?

숨을 쉬지 않는다면 죽은 것이라고 들었다. 그랬다. 동물들을 보면 숨을 쉬지 않을 때 죽어 있음을 보았다. 숨을 쉬고 있는 것을 숨을 끊어도 죽었다. 자신도 숨을 쉬지 않게 되면 죽어 있는 것이나 마찬가지가 될 것이다.

숨이란 어떠한 원리로 돌아가는 것인가? 내쉬고 들이쉬는 것을 마음대로 할 수 있는 것인가? 마음대로 할 수 있다면 얼마만큼 마음대로 할 수 있을 것인가?

이진사는 숨을 쉴 수 있을 만큼 들이쉬어 보았다. 들이쉴 수 있을 만큼……. 그리고는 내쉴 수 있을 만큼 쉬어 보았다. 가슴이 후련해지며 하늘이 더 파래 보였다. 다시 숨을 들이쉬어 보았다. 이번에는 막히는 것이 사라진 것 같았다.

언젠가 전에도 숨이 끝없이 들이쉬어지는 경험을 한 적이 있었으나 이번에 그 증상이 다시 나타난 것이다. 그러나 기운은 들어오지 않고 몸이 마치 양쪽에 구멍이 뚫린 대나무처럼 되어 버린 것 같았다. 이쪽으로 공기가 들어오면 다른 쪽으로 계속 빠져 나가는 것 같았다. 몸 전체의 호흡기가 피리처럼 일방통행이 되어 버린 느낌이었다. 사람의 몸에서 이러한 느낌이 오다니!

들어오는 곳은 콧구멍인데 나가는 곳은 어디인가?

온몸으로 나가고 있었다. 어깨 아래 겨드랑이에서 발끝까지 전신에서 바람이 새어 나가고 있었다. 바람이 새면서 자신의 몸에 있던 모든 것들이 새어 나가 버리고 몸을 이루고 있는 기운의 형체만 어슴푸레하게 남아 몸 전체가 투명한 물질로 변해 버리는 것 같았다.

이러한 변화가 좋은 것인지 나쁜 것인지 알 수는 없었다. 하지만 어쨌든 기분은 나쁘지 않았다. 예전에는 기분이 좋고 나쁜 것이 분명하였는데 지금은 나쁜 것은 아닌데 그렇다고 좋은 것도 아닌 묘한 기분이었다. 아직까지는 이러한 기분을 느껴 본 적이 없었다. 무엇인가 이상한 느낌이었다.

이것은 결코 기운이 모이는 것은 아니었다. 그렇다고 기운이 새어 나가는 것도 아니었다. 기운이 변하는 것이었다. 맑게 투명인간처럼 되었던 몸이 다시 색깔이 있는 몸으로 돌아오기 시작하였다. 이번에는 피부색깔이 투명한 것이 아닌 흰색 가까운 색깔로 변하기 시작하는 것이었다.

흰색이라……. 이러한 변화가 좋은 것인지 나쁜 것인지 알 수가 없었다. 점차 색깔이 돌아오면서 이진사는 현실적인 감각으로 돌아오기 시작하였다. 감각이 살아나면서 주변의 모든 것이 다시 새로이 느껴지기 시작하였다.

바람……, 구름

· 38 ·

바람이 불고 있었다. 구름이 날고 있었다. 구름을 바라보며 호흡
을 시작하였다. 호흡을 하면서 하늘을 바라보았다. 구름이 멈추고
있었다.

　내가 구름을 보면서 호흡을 하는 것만으로 구름이 멈추다니! 나의 호흡과 구름이 어떠한 연관이 있는 것인가? 이진사는 다시 호흡을 멈추었다. 구름이 흐르기 시작하였다. 다시 호흡을 시작하였다. 다시 구름이 멈추었다.

　이러기를 수차례. 구름은 흐르다가 멈추기를 수 차례나 반복하였다. 나의 의지인가? 호흡의 힘인가? 이러한 것이 원래 가능한 것이었던가? 아니면 기운이 바뀌면서 이렇게 된 것인가?

　기운이 바뀌었음은 곧 하늘의 기운이 되었음을 말해 주는 것인가? 하늘의 기운이 되지 않고 나의 호흡이 하늘에 떠 있는 구름과 연결될 수가 있는 것인가? 아마도 하늘의 구름과 나의 기운이 연결되어 있음을 확인하는 과정이 아닌가?

　기운이 새어 나가는 것 같은 느낌을 가졌던 그 시간에 나의 기운은 끝없이 새어 나가고 있었다. 새어 나가는 기운이 온몸의 기공(氣孔_숨구멍)을 열면서 백회로는 끝없이 하늘기운을 받아들였던 것 아닌가? 그리하여 하늘기운이 나에게 연결된 것 아닌가? 하늘기운과의 일체, 그것이 바로 구름을 멈추게도 하고 흐르게도 하는 역할을 가능하도록 한 것이 아닐까?

　그런 것 같았다. 그렇지 않고서는 나의 호흡이 하늘의 구름을 움직일 수 없을 것이다. 하늘의 구름을 움직인다는 것은 구름과 내가 하나가 되지 않고는 어려운 것이다. 내가 구름을 통제할 수 있음은 곧 하늘에 기운이 연결되었음을 말해 주는 것 아닌가? 그렇다면 하늘기운이 연결되었음을 기회로 어떠한 일을 하여야 할 것인가?

구름을 만들어 내는 것도 가능할까? 비를 오게 할 수는 없는 것일까? 아니 눈도 오게 할 수 있을 것이다. 구름으로 인한 조화는 모두 가능한 것이 아니겠는가? 비가 오지 않도록 할 수도 있을 것 같았다. 오도록 할 수 있다면 오지 않도록 할 수도 있어야 하는 것 아니겠는가?

하늘의 기운이 언제까지 나에게 연결되어 있을 것인가는 알 수 없지만 이것을 지속적으로 유지할 수 있도록 신경을 써야 할 것 같았다. 이진사는 하늘의 기운이 백회에 연결되어 있음을 확인하기 위하여 다시 기운을 당겨 보았다. 신선한 하늘기운이 들어오고 있었다. 기운을 단전으로 끌어들여 보았다. 단전으로 기운이 모이고 있었다.

아까는 기운이 모이지 않았었다. 그냥 아래로 새어 나가지 않았던가? 왜일까? 기운이 전에는 새어 나가더니 지금은 왜 새어 나가지 않는 것일까? 아마도 이유가 있다면 기공이 열린 탓일까? 기공이 열리면 왜 기운이 단전으로 모이고, 열리지 않으면 기운이 새어 나가는 것일까?

이진사는 끝없는 의문 속에 어쨌든 단전에 쌓이는 기운을 차곡차곡 모았다. 단전이 커지고 있었다. 처음에는 주먹만 하던 것이 점차 커져서 호박만큼 커졌다가 다시 물동이만 하게 커지고 있었다. 단전이 이렇게 커져도 되는 것인지 이진사는 알 수 없었다.

수련 중 이렇게 누가 가르쳐 주지 않은 의문에 부딪히는 경우는 수없이 많았다. 그러나 그때마다 답을 구할 수는 없었다. 오히려 답을 구하지 못하는 경우가 대부분, 아니 거의 전부라고 할 수 있었다. 이러한 경우에 어린 이진사의 해법은 답이 없이 넘어가는 것이었으나 그런 질문이 있었다는 것은 분명히 기억하였으므로 지속적으로 답을 연구하게 되었다.

그나마 답을 구하는 일부의 경우에도 스스로 구하는 경우가 많았다. 스스로 답을 구할 수 있었던 이유는 이진사의 연령 정도에도 그나마 한문을 깨치며 이치를 대충 알 수 있었기에 가능한 것이었다.

많이 알지는 못해도 하늘과 땅이 있으며 그 사이에 인간이 있고, 하늘과 땅은 서로의 역할이 있으며, 이 외에도 이 세상을 이루고 있는 모든 것은 각자 자신의 영역이 있어 그 구분을 지키며 살아간다는 것을 알면서 점차 어린 이진사의 생각은 모든 것이 자신의 역할이 있으며 이 역할을 지키면서 존재한다는 것에까지 미치었다.

소가 먹는 먹이는 닭이 먹는 먹이와 다르며, 개가 하는 역할은 토끼가 하는 역할과 달라 서로 중복되는 것이 없었다. 집안에서도 형이 하는 역할은 누나의 역할과 달랐으며 할아버지 역시 아버지와 중복되는 것이 아니었다. 중복되는 부분이 있어도 각기 나름대로 역할이 구분되어 있는 것이었다. 동네 사람들이 모두 그러한 구분을 가지고 살아가고 있었다. 이웃 사람들이 전부 자신의 역할을 충실히 수행하며 살아가고 있었던 것이다.

이진사는 자신의 몸에도 역시 하나의 구분이 있음을 알고 있었다. 입과 귀가 서로 다르며 코와 눈이 서로 다르고 손과 발이 다르며 배와 등이 또한 서로 달랐다. 모든 것은 중복되는 것이 없이 자신의 역할을 가지고 있었다.

지금 기운이 모이고 있는 단전은 배를 갈라 보면 보이지 않는 것이라고 하였다. 다만 기운의 세계에서만 있는 것이라는 것을 전에 아버지로부터 들은 적이 있었다.

단전에는 왜 기운이 모이는 것일까? 단전은 어떻게 생겼을까? 단전이란 어떠한 역할과 기능을 가졌기에 이렇게 기운을 담아 놓을 수 있는 것일까? 그릇처럼 생겼을까?

무형의 공간에 기운이 모이려면 어쨌든 기운이 모일 수 있도록 지남철 같은 성능이 있든지, 아니면 담을 수 있는 기능이 있든지 둘 중의 하나여야 할 것 같았다. 그렇지 않고서야 어떻게 모인단 말인가?

의문이 솟아오르는 가운데 또 다시 단전이 따뜻해오고 있었다.

· 39 ·

이진사의 이 같은 의문들은 대를 이어 계속되는 듯 싶었다. 어느 날 이진사는 문득 아들 진이가 남다른 행동을 하고 있음을 알았다. 그날 따라 어린 진이가 저녁 무렵에 마루에 앉아 무엇인가를 보고 있었다. 그냥 보고 있는 것이 아니었다. 아주 유심히 보고 있었다.

"무엇을 그렇게 유심히 보고 있는 것이냐?"

"……"

　아무 말이 없었다. 눈으로는 손바닥을 보고 있으면서 머릿속은 전혀 다른 것을 생각하고 있는 것 같았다.

　"무엇을 보고 있느냐고 묻지 않느냐?"
　"아버지, 이 세상은 어떻게 생겼는지요?"
　"이 세상이라니? 무엇을 말하는 것이냐?"
　"이 세상 말입니다. 우리가 살고 있는 이 세상 말입니다."
　"이 세상이 어떻게 생기다니?"
　"우리가 살고 있는 이 세상이 어떻게 생겼는지 궁금합니다."
　"이 세상 말이냐?"
　"예. 이 땅과 하늘과 저 물, 동식물, 사람, 그리고 그 외의 모든 것들이 어떻게 생겼는지 궁금합니다."
　"……."

　무엇이라고 한마디로 대답을 할 수가 없었다. 이 세상이 어떻게 생겼다고 이야기할 것인가? 어린아이에게 어떻게 설명을 해 주어야 이해를 할 수 있을 것인가? 우선 하늘과 땅부터 설명을 해 주어야 할 것 같았다.

　"하늘은 이 세상의 모든 것을 있도록 해 준 원천이다. 하늘이 있고 나서 땅이 생겼으며 땅이 생기고 나서 모든 것이 창조되기 시작하였느니라."

"그렇다면 인간은 어떻게 창조되었는지요?"

"인간은 모든 생물의 대표로서 하늘의 뜻에 의해 이 땅을 다스리기 위하여 하늘의 모습을 본받아 생성된 것이다. 땅은 말하자면 모든 것의 어머니와 같은 것이고, 하늘은 모든 것의 아버지와 같은 것이다. 하늘과 땅이 있고 나서야 모든 것이 존재하도록 된 것이다."

"그렇다면 존재하는 순서가 있는지요?"

"그렇다. 하늘이 먼저이고, 땅이 그 다음이며, 그 후 다른 것들이 생기기 시작하였고 사람이 맨 나중이다."

"그런데 왜 사람이 이 세상을 대표하게 되었는지요?"

"그건 사람은 하느님이 창조하셨기 때문이다."

"다른 것은 하느님이 창조하신 것이 아닌지요?"

"전부 하느님이 창조하신 것이다. 하지만 하느님을 본따서 창조하신 것은 바로 인간밖에 없다고 할 수 있다."

"인간이 하느님께서 창조하신 것이라면 왜 잘못을 하는지요?"

"인간이 곧 하느님이 아니므로 잘못을 할 수 있는 것이다."

"하느님이 잘못 만드신 것이 아닌지요?"

"그렇지 않다. 하느님이 만드셨으나 부족한 점이 있으므로 발전할 수 있도록 만든 것이 인간이며 따라서 열심히 노력하여 하느님과 같이 되고자 하는 것이 바로 인간다운 점인 것이다."

"처음에 완전하게 만드시는 것은 하느님으로서도 불가능한 것인지요?"

"왜 불가능하겠느냐? 다만 인간이 인간다운 것은 바로 그 부족함 때문인 것이다."

　진이는 이해할 수가 없었다. 하느님이 창조하신 것이라면 왜 그토록이나 다투고 잘못을 하며 살아간단 말인가? 적어도 인간이라면 도리대로 살려는 노력이라도 하여야 할 것이었다. 그러나 진이의 눈에 보이는 세상은 각자 나름대로 성장한 어른들 역시 잘못을 수시로 저질러가며 살고 있었다.

　"그래도 큰 잘못은 하지 않아야 할 것이 아닌지요?"
　"그 점이 바로 네가 할 일이 아닌가 한다. 누군가는 잘못을 바로잡아 주는 역할이 필요한 것이며, 이 역할을 할 수 있는 사람이 언젠가는 나타나게 되어 있는 것이 바로 인간이 살아가는 세상인 것이다."

　아버지의 말씀대로라면 이 세상은 벌써 낙원이 되어 있어야 했다. 그러나 이 세상은 진이의 눈으로 보기에도 잘못이 많이 저질러지고 있는 것이었다.

　"하면 잘못을 하고도 벌을 받지 않는 경우는 어찌 되는지요?"
　"인간의 모든 행동은 인간 세상의 심판을 받는 경우도 있지만 일부일 뿐이며, 인간이 심판하지 못하는 잘못은 하늘의 심판을 받게 되어 있는 것이다."

"하늘의 심판은 어떻게 내려지는지요?"

"인간으로 있을 때 내려지기도 하지만 인간의 몸을 버리고 나서 심판을 받는 경우도 있는 것이다."

"인간의 몸을 버리고 나면 어떻게 벌을 받을 수 있는지요?"

"인간으로 있을 때가 전부가 아닌 것이다. 인간이 인간으로 있을 때는 몸을 가지고 있을 때뿐인 것이다. 인간이 인간의 몸을 벗어나면 또 하나의 영체(靈體)가 되는바 그때에도 역시 하늘의 길에서 벗어날 수 있는 것은 아니기 때문이다."

진이는 알 것도 같고 모를 것도 같았다. 인간이 아닌 다른 생명체가 또 있단 말인가? 그렇다면 그것은 바로 하느님께 가까워지는 것이 아니겠는가?

"영체는 어떠한 일을 할 수 있는지요?"

"영체도 등급이 있어 할 수 있는 일이 전부 다른 것이다. 하느님은 전지전능한 능력을 가지신 분이며, 인간이 인간의 몸을 벗어난다고 하여도 하느님과 같이 전지전능한 힘을 갖기 위해서는 그 외의 노력을 하여야 하는 것이다."

"어떻게 노력을 하여야 하는지요?"

"공부를 하는 것이다."

"어떠한 공부를 하여야 하는 것인지요?"

"하느님께서 어떠한 일을 하시는지에 대한 공부를 하면 되지 않겠느냐?"

"……."

"공부란 여러 가지가 있어 인간이 전부 할 수는 없는 것이다. 허나 인간이 가장 하느님께 가까워지기 위해서는 하느님께서 어떠한 일을 하시는지에 대하여 공부를 하면 하느님의 생각을 알 수 있지 않겠느냐?"

"무슨 말씀을 하시는지 잘 알 수는 없으나 대충은 감이 잡히는 것 같사옵니다."

"인간의 능력은 한정되어 있으나 반드시 그 범위에 제한되는 것은 아니다. 노력하기에 따라서는 얼마든지 생각 외의 능력을 발휘할 수 있는 것이니라. 그 생각 외의 능력이란 인간의 능력이라고 생각되는 것 외의 능력으로서 우리들이 신의 영역이라고 생각하였던 부분인 것이다."

"신의 영역과 인간의 영역이 동일할 수 있다는 말씀이시온지요?"

"전적으로 그러한 것은 아니나 인간으로서 신의 영역에 있는 부분을 읽어 올 수 있으며 그것을 행할 수 있는 부분이 일부 있다는 말이다."

· 40 ·

"그러한 행동을 실제로 할 수 있는 분들이 계셨는지요?"

"많이 계셨다. 단군, 환웅, 환인 시대의 제왕들께서는 모두 그러한 능력을 지니신 반신반인(半神半人)인 분들이었느니라. 그 외에도 각 시대별로 많은 선인(仙人)들이 계셔서 이 나라를 지켜 주고 계시는 것이다."

"지켜 주신다 함은 이 나라를 살펴 주고 계신다는 말씀이시온지요?"

"그렇다. 살펴 주고 계신다는 뜻이다."

진이는 나라에 대한 생각이 피상적이어서 그저 막연히 생각하고 있는 정도였다. 허나 지금 이 순간 나라에 대하여 다시금 생각하게 되었다. 나라란 어떠한 것인가? 아직은 내 나라 외에는 아는 것이 없다. 그러나 많은 나라들이 있음에 대하여는 들어서 알고 있었다.

우리가 쓰는 글자만 하여도 지금 배우고 있는 한문은 중국에서 빌려 온 것이라 하였다. 내 나라 글이 있기는 하였으나 중국에서 빌려 온 한문에 비하면 그저 보충하는 정도의 의미밖에 없었다. 실제로 생활함에 있어서는 한글을 많이 사용하였으나 의미를 전달함에는 한문을 사용하고 있으므로 한문의 절대적인 힘 앞에 무력한 것이 내 나라의 글인 한글이었다.

그렇다면 우리나라는 그렇게 힘이 센 나라는 아닌 것 같지 않은가? 그러한 나라들은 하느님께서 더 살펴 주고 계시는 것일까? 아니면 다른 하느님께서 살펴 주시므로 그러한 광대하고 힘이 있는 나라가 된 것일까?

진이는 이 세상이 어떻게 생겼는지 모른다. 하지만 하느님께서 살펴 주시고 하느님의 뜻을 읽었던 수많은 조상들이 있음에도 부족한 것이 많이 있는 나라임에는 틀림이 없는 것 같았다. 그렇다면 우리 후손들이 하여야 하는 일은 어떠한 것일까? 하느님의 뜻을 읽었던 많은 조상들이 있었는데도 후손들이 하여야 하는 일이라면 무엇일까? 그 중에는 나도 할 수 있는 일이 있을 것인가?

"아버지, 제가 할 수 있는 일은 무엇인지요?"

이진사는 진이가 이렇게 빨리 자신의 뜻을 알아차릴 것이라고는 생각지 못하였다. 지금 진이는 벌써 자신이 할 수 있는 일을 묻고 있지 않은가? 이 아이가 나의 뜻을 전해 실행에 옮길 수 있는 아이일까? 내가 찾던 그 사람이 바로 나의 이 아이란 말인가?

이 아이를 잘 키우면 하늘의 뜻을 땅의 뜻과 연결시키려는 나의 뜻을 이 아이가 이어 줄 수 있을 것인가? 이진사는 당대에 자신의 뜻을 펼 수도 있겠지만 그것이 어렵다면 대를 이어서라도 할 수 있도록 자취를 남겨 놓고 싶었다.

물론 이것은 욕심일 수도 있었다. 다른 선인(仙人)들이 인간으로 있으면서 자신이 할 수 없었던 일들을 결국 하지 못하고 떠난 것에 대한 이야기를 많이 들었던 것이다. 내가 전부 할 수는 없을 것이다. 하지만 지금 자신이 가지고 있는 뜻을 그대로 접기에는 너무나 아까운 일이었다. 누군가 선계(仙界)에서 나의 뜻과 같은 뜻을 가지고 내려온 선인이 있다면 가능할지도 모르는 일이었다.

하지만 그 사람을 어떻게 알아볼 것인가? 불가능할 수도 있었다. 이진사는 차선책으로 자신의 뜻을 지상에 남겨 놓음으로써 다음에 오는 선인이 알아볼 수 있도록 하는 정도라도 남겨 두고 싶었다. 옛 선인들은 지상에 자국을 남김으로써 언젠가 지상에서 태어날 후배 선인들이 선배가 남긴 뜻을 알아 지속적으로 이어서 행동할 수 있도록 하고 있음을 알고 있었다.

아직 내가 선인인지에 대하여도 확신이 없다. 선인이 겉으로 보아 구별이 되는 것도 아니려니와 무엇인가 다른 것이라면 나중에 나타날 수도 있었다. 허나 선인이라면 선계의 메시지를 받았을 것이다. 그러나 아직 그러한 것은 없지 않았는가? 아니 있었지만 내가 모르고 있을 수도 있었다.

내가 걸어온 길에도 수많은 선인들의 자국이 있었다. 적어도 내가 알기로는 수만 가지의 선계의 자국이 있었다. 이것은 보이는 것도 있고, 보이지 않는 것도 있었으나 선계의 시각으로 보아야 알 수 있는 것들이었다.

하늘을 느끼다

· 41 ·

선계!

머나먼 고향처럼 느껴지는 곳이었다. 저 멀리 바라보이는 하늘의 어딘가에 있을 것만 같은 곳이었다. 있다면 반드시 한번 가 보고 싶은 곳이었다. 내가 살아 있는 동안 열심히 노력한다면, 그래서 금생에 사명을 다할 수 있다면 갈 수도 있을 것만 같았다. 내가 선계 출신이라면 노력하기에 따라서는 가능할 수도 있을 것이었다.

하지만 당대에 불가능하다면 나의 자국을 어딘가에 남겨야 할 것이고, 남기기 전에 이어받을 사람을 만난다면 넘겨주면 좋을 것이었다. 그래서 이진사는 자신이 이루어 가고 있는 일들을 하나하나 남겨 놓고 가는 중이었다.

그것은 별로 어려운 일이 아닐 수도 있었다. 그러나 이진사는 그 일을 하면서 너무도 많은 것들을 알아 나가고 있었다. 그 일이란 자신이 하는 하나하나에 대하여 마음을 실어 놓는 일이었다. 마음을 실어 놓는다는 것은 바로 그 부분에 대하여 자신이 기억하고 있음을 주지시키고, 그럼으로 인하여 해당되는 부분에서 자신의 파장이 나오도록 하는 일이었다. 그 부분은 자신이 알고 나서 걸어갔던 모든 부분에 대한 것이었다.

나중에 선계의 어느 선인이 내려온다면 반드시 이 파장을 읽을 수 있을 것이다. 본래의 물질에서 나오는 파장과 다른 파장을 읽는다면 나의 뜻을 알 수 있을 것 아니겠는가?

당시 이진사는 아주 낮은 파장을 읽을 수 없으므로 선계의 파장이 모든 물질에 미치고 있으며, 이러한 파장이 우주의 질서임을 알지 못하고 있었다. 우주의 질서는 이 세상 만물의 어디에도 미치지 않는 부분이 없었으나 이진사가 느끼지 못하고 있었던 것이다.

이러한 노력을 해 나가던 중 이진사는 진이가 다른 아이들과 다른 점이 있음을 알고 나서 진이의 행동을 자세히 살펴보고 있었다.

범상치 않은 데가 있었다. 아이면 아이다워야 할 것인데 아이답지 않은 구석이 있는 것이다. 아이가 아이답지 않다는 것, 이것은 별로 즐겁지 않은 일일 수도 있었다. 아이는 아이다워야 하는 것임에도 아이가 아이답지 않다면 이것은 일종의 반(反)질서일 수도 있었다.

질서는 그 질서의 범위 내에 있을 때 아름다운 것이며 존중받을 가치가 있는 것이라고 생각해 왔다. 어른이 아이답거나 아이가 어른다운 것은 벼가 가을에 영글어야 함에도 봄에 영그는 것과 무엇이 다른가?

이것은 자연의 질서에 대한 일종의 반란일 수도 있었다. 허나 세상은 반드시 상식대로 가는 것은 아니었다. 비(非)상식이 상식인 경우도 있는 것이다. 이러한 것은 일부를 본다면 질서를 벗어나 있는 것이라고 생각할 수도 있으나 큰 틀로써 본다면 질서일 수도 있었다.

큰 생각을 하는 선인들이 범인들이 상상치 못하는 생각과 행동을 하였으나 범인들이 나중에야 깨달은 바에 의하면 그것은 범인의 지혜를 벗어나는 혜안이 열린 사람만이 가능한 일이 아니었던가? 그렇게 생각한다면 진이의 행동은 올바른 것일 수도 있었다. 무엇이 옳고 그른가는 내가 판단할 일은 아닌 것인가? 신(神)만이 판단할 수 있는 것인가? 인간의 판단은 어디까지가 옳은 것인가?

과연 나의 판단이 정확하다고 확신할 수 있는 근거는 무엇일까? 나의 안일한 판단은 포기에 가까운 것이 아니라고 할 수 있는 자신이 있는가? 나를 이렇게 고민하도록 만드는 것은 무엇인가? 내가 고민해서 소용없는 것은 고민을 해야 하는 것인가, 말아야 하는 것인가?

고민 속에서 얼마간을 보낸 이진사는 모든 것이 결국 신의 뜻이며 자신은 신의 뜻, 즉 하늘의 뜻을 전달하는 도구임을 깨달았다. 이 깨달음은 인간으로서는 최상의 깨달음으로서 장차 선인이 됨에 기반이 되는 정신적 출발점인 것이다.

인간에게 있어 수련생이든 또는 수련생은 아니나 마음공부, 하늘공부를 하고 있는 사람이든 이 부분의 각성은 우주의 일부로 존재하는 인간에게 있어 상당히 중요한 전환점이 된다. 즉 인간계에서 신계로 넘어가는 바로 그 지점인 것이다. 우주의 일부로 존재한다 함은 인간계를 떠나서도 영원히 존재하는 영생체의 일부라는 것을 뜻하는 것이리라.

이진사는 진이에게 남겨 주어야 할 일에 대하여 생각하기 시작하였다. 무엇을 남겨 줄 것인가? 남겨 줄 것은 너무나 많다. 이 세상을 그대로 넘겨줄 것인가?

이 세상을 자신의 생각 속에 집어넣기만 하면 그대로 아비의 뜻을 전달해 줄 수도 있다. 허나 그렇게 한들 소화가 될 것인가? 이 아이가 속이 다소 깊다고 한들 어찌 어른들의 세계에 대하여 알 수 있을 것인가?

이 세상에는 반드시 겪어야만 알 수 있는 것들이 있다. 정신세계는 더욱 겪어야만 알 수 있는 부분들로 구성되어 있다. 인간에게는 보이지 않는 부분인 것이다. 특히 어려운 것은 다른 사람이 무슨 생각을 하고 있는 것인지 표현되지 않으면 모른다는 것이다. 다른 사람이 무슨 생각을 하고 있는지 모른다는 것은 적군과 아군이 구별되지 않는 가운데 전쟁을 치르고 있는 것과 무엇이 다른가?

그러나 자신이 하고 있는 생각이라고 해서 전부 스스로 알 수 있는 것은 아니다. 이진사 자신도 때로는 전혀 생각지 않던 말이 불쑥 튀어나와서 민망하게 한 적이 여러 번 있었다. 스스로 통제가 안 되면서 다른 무엇을 통제할 것인가?

이러한 부족함으로 가득 찬 자신을 가지고 무엇을 어떻게 해 볼 것인가? 무엇을 한다 함은 보다 나은 다음을 창조하기 위함이 아니었던가? 지금이 아닌 다음…….

다음까지 생각을 다시 한 번 돌려 줄 수 있는 기회를 창조하기 위해서는 자신을 희생할 필요가 있었다. 희생은 하여야 할 것인데 무엇을 할 것인가?

자신의 많은 부분들은 한 가지도 중복된 부분이 없었다. 이것은 우주의 질서로 볼 때에도 상당한 중요성이 있다고 할 수 있었다. 이것이 백성들에게 전달되도록 노력하여 차차 이 세상 전부가 '하늘 질서의 왕국화' 하여야 할 필요가 있었다. 특히 착하디착한 백성들이 이진사 자신이 알고 있는 부분 정도만이라도 받아들일 수 있도록 노력하여야 할 것 같았다. 그러나 이진사는 갑자기 난감해지기 시작하였다.

'내가 알고 있는 것은 무엇인가?'

자신이 알고 있는 것이 없는 것이다. 아무것도 모른 채 생각하였던 것이 실제로는 이미 시기를 놓쳐 할 수 없게 된 많은 경우를 보아 왔었던 것이다.

· 43 ·

이 세상은 한편으로는 아주 복잡하면서도 달리 보면 아주 단순하게 구성되어 있었다. 이 복잡함을 단순함으로 풀 수 있는 공식을 발견하기만 한다면 모든 사람들에게 간단하게 우주의 이치를 설명할 수 있을 것이다.

이진사는 우주의 이치가 단순 명쾌함을 어렴풋이 느끼고 있었다. 확실히 한마디로 설명할 수 없을 뿐이지 어느 정도, 극히 일부는 감이 잡히고 있었다. 자신의 느낌이 정확한 것인가에 대해서는 확신이 있었다. 다만 이것을 설명할 수 있는 말이 부족한 것이다. 그렇다면 지금부터는 말을 개발하면 되는 것인가?

'기록을 해 보자. 기록을 하면 모든 것이 드러날 것이 아니겠는가?'

자신이 알고 있는 것이라고 해도 한 번에 생각할 수 있는 것은 극히 일부분이었다. 어떤 때는 알고 있으면서도 필요한 시기에 대답을 못 하고 있다가 나중에 울분을 토해 보지만 당시에 알지 못하면 모든 것이 소용없었다. 그것이 바로 인간의 한계인지도 몰랐다.

이것을 뛰어넘을 수 있는 방법은 선인(仙人)의 길로 가는 방법을 익히는 수련밖에 없을 것이다. 선인이 되면 모든 것이 한 번에 생각날 수 있을 것이다. 그렇다면 알고 있는 것이 막히는 일은 없을 것 아니겠는가?

수련으로 이러한 난관을 넘어갈 수 있다는 것이 바로 어려운 시기에 적합한 대응 방안을 강구할 수 있을 것임을 말해 주고 있는 것이었다. 인간이 인간의 한계를 넘어갈 수 있다는 것은 이러한 면에서 좋을 것이다.

이러한 것이 바로 지혜인가? 지혜란 지식을 이용할 줄 아는 것이라고 들었다. 따라서 지식이 아무리 많아도 지혜를 가진 사람을 당할 수 없다는 것은 바로 필요한 시기에 필요한 것을 이용할 줄 아는 사고(思考)가 있는가 없는가에 달린 것이었다.

사실상 인간의 능력은 계발하기에 따라 무궁할 수도 있었다. 평소의 인간은 동물보다도 못한 육감을 가지고 있지만 계발하기에 따른다면 만물의 영장인 인간이 그만한 능력을 갖추지 못하여 실수를 하는 일이 감히 어떻게 있을 수 있을 것인가? 하늘과 땅의 사이에서 그 뜻을 이어받아 태어난 인간이 어찌 감각의 둔화로 인하여 한낱 동물만도 못한 생을 이어 갈 것인가?

동물들을 보면 스스로 지혜롭게 살고 있었다. 욕심도 없고, 사는 듯 마는 듯 살면서도 반드시 필요한 것만을 살생하거나 먹는 것을 보면 그들은 이미 하늘의 뜻을 따르고 있음을 알 수 있었다.

이것은 인간이 자신의 이익에 전념한 나머지 다른 사람을 생각지 못하고, 다른 사람을 생각지 못하는 이 점이 결국은 남도 자신을 생각지 못하게 함으로써 상호 간에 불신의 벽을 쌓아, 이 벽 속에 갇혀 생을 마감하는 것에 비한다면 너무나 열린 생을 살고 있는 것이라고 할 수 있었다.

인간들은 이 벽을 넘지 못함으로 인해 스스로 자신의 범위 내에서 한정된 삶을 살게 되고, 이 한정된 범위가 결국 자신을 구속하는 인생을 살고 있는 것이었다.

인간으로 태어났다면 그리고 인간답게 살고 싶다면 있을 수 없는 일이었다. 감히 인간이 어찌 한낱 동물만도 못한 삶을 살 것인가? 인간으로 태어났다면 하늘만은 못해도 최소한 동물보다는 나아야 할 것이 아니겠는가?

· 44 ·

이진사는 다양한 생각 속에서 하늘의 이치를 전달하는 보다 나은 방법을 강구하고 있었다. 이러한 방법은 아주 가까이 있을 수 있었다. 어쩌면 이미 내 속에 들어와 있을지도 모른다. 내 안에 있다고 모두 알 수 있는 것이 아닌 것이다. 내 것이라고 어찌 모든 것을 알 수 있을 것인가? 내가 내 병을 모르고, 내가 내 생사를 마음대로 하지 못하며, 내가 낳은 내 아이의 천성을 어쩌지 못한다.

이 어찌 내가 내 마음대로 살고 있다고 할 수 있을 것인가? 내가 할 수 있는 것은 아무것도 없는 것 아닌가? 하지만 내 마음대로 할 수 있는 것도 있었다. 지금 내가 생각하고 행동하는 것은 내 마음대로 하고 있는 것이었다.

그렇다면 내 마음대로 하는 것과 내 마음대로 하지 못하는 것의 차이는 무엇인가? 어떠한 것이 내 마음대로 되고, 어떠한 것이 내 마음대로 되지 않는 것인가?

아니, 내 마음은 무엇인가? 내 마음은 내 뜻대로 되는 것인가? 그런 것 같지는 않았다. 내 마음이라고 해서 내 뜻대로 되는 것은 아니었다. 내 마음이라고 해도 내 뜻대로 되는 것이 아니라면 무엇이 내 뜻대로 되는 것인가? 내 뜻대로 되는 것이 아니라면 누구의 뜻대로 움직이는 것일까?

하늘의 뜻인 것이다.

그랬다. 모든 것이 하늘의 뜻에 의해 움직이고 있는 것이다. 내가 마음대로 생각하고 행동한다고 생각하여 왔던 것들이 전부 하늘의 뜻대로 움직이고 있었던 것이다.

하늘…….

그래, 바로 하늘이었다. 하늘의 뜻이었던 것이다. 감히 하늘의 손바닥 안에 있으면서 하늘의 뜻을 벗어나서 살고 있다고 생각하여

왔던 것이다. 이 세상에서 누가 감히 하늘의 뜻을 벗어나서 살고 있
단 말인가?

하늘은 어디에나 있었다. 땅이라고 해서 땅이 아닌 하늘의 일부
로 존재하는 땅이었다. 스스로 독립하여 있다고 생각하는 것은 망
상이었다. 하늘을 벗어나서는 존재할 수 없었던 것이다.

이진사는 하늘에서 절대자의 면모를 보았다.

'절대자'

그것은 누구의 거역도 감히 허락되지 않는 경지였다. 인간의 몸
으로 감히 판단을 하고 반론을 제기하기에는 너무나 큰 존재, 하늘
이었다.

하늘이 내려와 있는 것이다. 내 안에, 내 앞에, 내 뒤에, 내 손안
에 하늘이 내려와 있는 것이다. 하늘이 왜 이렇게 자신에게 가까이
내려와 있는 것인지에 대해서는 알 수 없었다. 다만 하늘을 느끼고
있을 뿐이었다.

'하늘'

태어나서 하늘을 느껴 보기는 처음이었다. 하늘은 항상 멀리 있었
다. 그런 하늘을 이렇게 가까이 느껴 보기는 처음이었다.

손을 보았다. 손 위에 하늘이 있었다. 하늘을 보았다. 하늘에도

하늘이 있었다. 옆을 보아도 하늘, 아래를 보아도 하늘이었다. 모든 것이 하늘인 세상에 살고 있는 것이었다. 하늘은 이 세상의 모든 것을 채우고 있었다.

하늘이 아닌 것은 없었으며, 하늘을 벗어나서는 아무것도 할 수 있는 것이 없었다. 하늘을 느끼고 하늘을 받아들이며 하늘과 하나가 되어 가고 있었다. 하늘은 곧 절대자이자 나 자신이며 모든 것이었다.

지금의 인간으로서는 하늘을 벗어날 수 없으며 하늘을 벗어나면 곧 원래의 모습으로 돌아가는 것임을 알 수 있었다. 인간으로서 하늘에서 태어나 하늘과 하나가 되고, 다시 하늘의 일부로 돌아가는 것. 이진사는 가슴이 뿌듯해 왔다.

'내가 하늘을 느끼게 되다니…….'

이제껏 하늘은 도인들의 것인 줄만 알았었다. 모든 것이 이렇게 쉽게 자신의 것이 되리라고는 생각지 못했었던 것이다. 그런데 그 높고 높은 하늘이 자신의 것이 된 것이다.

'하느님'

이제는 자신과 항상 함께 있으면서, 보잘것없는 자신과 모든 것을 함께 하는 하늘을 보고 싶었다. 느낌으로는 충분히 다가왔으면서도 한 번도 하늘의 본래 모습을 본 적이 없었다. 하늘의 본래 모습은 저 파란색이 아닐 것이다. 본래의 색깔이 있을 것이다. 인간들이 보고 있는 저 모습은 아마도 하늘이 한 번쯤 갈아입는 옷일 수도 있었다.

밤중에 하늘이 까맣고 별이 총총 빛나는 것을 보아서도 알 수 있었다. 저녁때는 하늘이 붉은색으로 노을이 지기도 하였고, 어떤 때는 구름이 끼이기도 하였다. 철 따라 비가 오기도 하고, 눈이 오기도 하며, 어떤 때는 비가 오지 않아 수개월간 가뭄에 허덕이기도 하였다.

하늘이 있다면 착한 사람은 복을 받고 악한 사람은 벌을 받아야 함에도 때로는 이해할 수 없는 구석이 있기도 하였다. 하지만 어떻든 하늘은 하늘이었다. 이해할 수 없는 일부의 면을 가지고 있으면서도 돌이켜보면 항상 옳은 것은 하늘이었으며 언제나 이기는 것은 하늘이었다.

하늘은 곧 진리였으며 모든 것이었고 언제나 승리자였다. 이렇게 완벽한 경우를 다시 볼 수 있을까? 하늘보다 더 큰 존재도 있는 것일까?

아마도 없을 듯 싶었다. 인간의 느낌으로 하늘보다 더욱 큰 존재를 발견한다는 것은 쉬운 일은 아닐 듯 싶었다. 하늘도 전부 느끼지 못하여 감히 하늘에 대하여 이야기할 수 없거늘 하늘 이상에 대해서 알려 한다는 것은 곧 하늘에 대한 모욕인 것처럼 느껴지는 것이었다.

그랬다.

역시 하늘은 절대적인 느낌을 주었다. 절대적인 느낌이라 하면 인간으로서 살펴볼 때 작은 부분에서도 어떤 큰 바위처럼 움직일 수 없는 느낌을 준다는 것이었다. 이러한 느낌은 아직 받아 본 적이 없었다.

하늘이 있고서야 모든 것이 있으리라는 것은 아직까지는 느낌이었으나 점차 현실로 다가오고 있었다.

모든 것이 하늘과 하나가 되는 세상…….

· 45 ·

인간으로서 하늘을 안다는 것, 느낀다는 것은 최상의 은총일 수 있었다. 이진사는 이러한 은총을 혼자서 누린다는 것은 너무나 큰 죄악인 것 같은 생각이 들었다.

죄악! 그렇다. 나쁜 행동을 해서 죄악이 아닌 것이다. 이러한 큰 것을 알고도 행하지 아니하며, 다른 사람에게 전하지 아니한 죄, 이것이 무엇보다 더 큰 죄악이리라.

인간으로 태어나서 좋은 일만 하다가 갈 수는 없을 것이다. 하지만 최소한 죄를 짓거나 나쁜 행동을 하지는 말아야 한다. 하늘을 느낀 이상 이 하늘을 다른 사람들에게 전하지 아니한다는 것은 너무나 큰 죄악일 것이다.

하늘을 전하는 것만으로도 너무나 많은 사람들이 죄악을 저지르는 것에서 벗어나 착한 삶을 살아갈 것 같았다. 그럼에도 내가 하늘의 뜻을 전함을 소홀히 하여 많은 사람들이 죄를 저지른다면 그것은 바로 나의 잘못이 아니겠는가?

하늘은 모든 것을 그냥 놓아두는 법이 없을 것 같았다. 그래서 업보(業報)라는 말이 생긴 것 아니겠는가?

업보……. 그것은 한 인간들이 저지른 모든 것을 종합 평가하여 결과를 책임지도록 하는 것이었다. 인간의 업보를 평가하여 결과가 부정적으로 나왔을 경우 부정적인 답을 통보하는 것이었다.

인간들은 그것에 대하여 감히 반론을 제기할 수 없었다. 평가는 하늘의 몫이었으며 이 부분은 하늘의 절대적인 권한이었다. 선인이라도 인간으로 태어났다면 그동안 있었던 일에 대해서는 선인으로 돌아가서도 책임을 져야 하는 것이었다. 따라서 모든 선인들이 인간으로 있으면서 선행(善行)을 함으로써 선인으로서의 등급을 향상시키려 하고 있었다.

선계의 질서, 즉 하늘의 질서는 너무나 엄격하여 결코 공(功)이 없이 등급을 높이거나 하는 일은 있을 수 없었다. 작으면 작은 대로, 크면 큰 대로 공을 평가하여 반드시 그 공의 크기에 비례한 결과를 안겨 주는 것이었다.

이진사는 이러한 하늘의 과정을 뼛속 깊이 느꼈다. 하늘을 느끼면서 하늘의 뜻을 너무나 깊이 깨닫게 된 것이다. 하늘의 눈으로 인간 세계를 보게 된 것이다.

모든 것이 질서였다. 질서를 벗어난 것은 있을 수 없었다. 잘잘못을 평가하는 모든 것이 질서의 이름으로 행해지고 있었다.

질서란 바로 우주였다.

우주의 용광로, 단전

· 46 ·

'우주'

　하늘은 여러 가지 다른 이름을 가지고 있었으며 그 중의 하나가 바로 우주였다. 이 우주의 이름으로 행해지는 여러 가지 일이 있었다. 우주란 큰 것만을 일컫는 것이 아니었으며, 아주 작은 것에도 우주가 있었다.

그 중에서도 가장 중요한 우주는 인간의 마음속에 들어있는 우주
였다. 그 우주는 인간의 단전을 통하여 인간의 사고와 행동에 영향
을 미치고 있었다. 이러한 우주의 움직임은 단전이 발달된 인간들
을 통하여 다른 인간들에게 영향을 미치고 이러한 영향이 또 다른
사람에게 전파되어 세상을 바꾸어 나가고 있었다.

세상의 변화는 바로 인성(人性)의 계발이었다. 인간의 성격은 각
각의 인간이 전부 달랐다. 이 다른 성격 탓에 인간 세상은 나름대로
질서를 유지해 나가고 있었다. 이러한 질서는 바로 인간이 존재하
는 이유였다.

수억의 성격이 파장이 되어 촘촘히 메움으로 인하여 인간 세상의
모든 것들이 빈틈없이 짜여져 있었다. 이러한 질서는 바로 하늘이
원하는 것이었다. 크고 작음, 둥글고 모남, 희고 검은 것들이 어우
러져 인간의 모습들을 연출하고 있었다. 이것이 바로 우주가 인간
에게 원했던 그것이었다. 각각의 개성들이 나름대로 조화를 이루어
가며 존재하는 것. 인간의 모든 것들이 하나가 되고, 이 하나가 다
시 수억 개로 나뉘며, 이 수억 개가 다시 하나가 되는 장대한 파장
의 꾸러미…….

이 파장의 힘으로 우주는 수많은 별들에게 에너지를 공급하고 있
었다. 하늘에서 바라본 인간 세상의 에너지는 바로 수억의 인간들
의 단전에서 나오고 있었다.

단전은 바로 거대한 용광로였다. 우주는 인간의 단전을 용광로로
만들어 그 단전에서 나오는 에너지로 우주를 가동시키고 있었다.

이 에너지의 원동력은 바로 진화를 향한 인간의 힘이었다. 선인이 되고자 단전에 힘을 모으고 이 힘을 정화하며 나가는 인간들의 원력(願力).

무서운 에너지가 방출되고 있었다. 장관이었다.

· 47 ·

이진사는 이러한 광경을 보며 정신이 들었다. 아주 순간이었다. 너무나 짧아서 잘 느끼지 못할 만큼 짧은 시간이었으나 이진사는 너무나 많은 것을 본 것이었다. 현실감이 없을 정도의 찰나에 보고 생각한 모든 것들이 이진사의 뇌리에 스쳐갔다. 이것을 어떻게 이야기할 것인가? 하늘을 이야기한들 아이가 알아들을 수 있을 것인가?

진이의 눈을 보았다. 알고 있었다. 이 아이는 알고 있었던 것이다. 진이의 눈에 이미 하늘이 들어와 있었다.

"아버지, 하늘을 전해야 되지요?"

보이지 않는 가운데 진이의 눈이 마음을 전하고 있었다. 하늘은 가슴에 담아서 가슴으로 전해야 느낌을 받을 수 있다. 이 아이의 가슴에 하늘을 담을 수 있을 것인가? 이진사가 이러한 생각을 하려는 순간 진이의 가슴이 들여다보였다.

넓었다. 이미 우주를 받아들이고도 남을 만큼 넓었다. 가능할 것이다.

"그래, 하늘을 전하는 것이 네 임무이다."

진이는 모든 것을 받아들이는 것 같았다.

'하늘을 전하는 것이 얼마나 힘겨운 일인지 아느냐? 하늘의 무게를 알고 있는가 말이다. 하늘의 무게를 안다면 네가 어찌 전한다는 말을 할 수가 있는 것인가?'

하지만 하늘은 너무도 가벼운 것이기도 하였다. 마음만 먹는다면 전혀 무게를 느끼지 못할 만큼 가벼운 것이기도 하였다. 이렇게 가벼울 수만 있다면 이 아이도 할 수 있을 것이다. 그러나 아직 이 아이의 역량으로는 들 수 없을 만큼 하늘의 무게는 무겁다.

하늘은 들 수 있는 사람에게는 가벼운 것이나 들 수 없는 사람에게는 전혀 들 수 없을 만큼 무거운 것이었다. 나중에는 모르되 지금의 진이가 들 수 있다고 마음먹을 만큼 가벼운 것이 아닌 것이다. 그러나 들지 못할 것이라고 할 수는 없었다. 어쩌면 들 수도 있으리라. 이 아이의 눈에 이미 하늘이 들어와 있지 않은가.

"너는 어떻게 하늘을 전하려 하느냐?"
"이렇게요."

진이는 가볍게 두 손을 들어 보였다. 그 손에는 아무것도 없었다.

"너는 하늘의 무게를 알고 있느냐?"

"모르옵니다. 하지만 들 수 있다는 자신만 있으면 들 수 있을 것이라고 생각하고 있습니다, 아버지."

"……."

"하늘은 근본적으로는 무거우나 마음먹기에 따라 들 수 있다고 배웠습니다."

"누가 그렇게 말씀하시더냐?"

"할아버지께서 말씀하셨습니다."

'그랬었구나. 아버님께서 이 아이에게 무슨 말씀을 하셨나 했더니 하늘에 대하여 말씀을 하신 것이었구나…….'

돌아가시기 전 아버님께서는 이 아이를 퍽이나 귀여워해 주셨다.

"지금 들기는 어려울 것이나 나중에는 들 수 있을 것이옵니다."

"너는 하늘을 무엇으로 드는지 알고 있느냐?"

"알고 있습니다."

"무엇으로 드느냐?"

"손으로 드는 것 아니옵니까?"

이진사는 다행스러웠다. 이 아이가 아직 자세한 내용까지는 모르고 있는 것이다. 벌써 그러한 것까지 알고 있다면 들 수 있을 때까지 무리를 하다가 자칫 명이 짧아질 수도 있는 것이다.

"그래. 손으로 하늘을 들 수 있을 때까지는 들면 아니 되느니라."
"네, 알았습니다."

아버님께서는 무슨 뜻으로 이 아이를 데리고 하늘에 대하여 말씀을 하신 것일까? 하늘에 대해서는 가벼이 말할 수 있는 것이 아니거늘 어떠한 의도로 이 아이를 데리고 하늘에 대하여 말씀을 하신 것인지 알 수가 없었다.

· 48 ·

이진사는 자신의 가계(家系)가 근선인(近仙人)임을 모르고 있었다. 선인은 아니되 조상들의 은덕으로 가계가 선인화(仙人化)할 자질을 비교적 많이 갖추고 태어난 인간들이었던 것이다.

따라서 하늘에 대한 존경심이 남달랐으며 항상 하늘을 의식하며 살고 있었던 것이다. 이러한 생활태도는 무슨 일이든 하늘의 판단을 구해 보는 버릇을 가지도록 하였으며, 나름대로 하늘에 의지하고 언젠가는 하늘에서 모든 사람들을 만날 수 있을 것임을 확신하도록 하였다.

하늘은 모든 일에서 오차가 없이 정확하였으며 순리대로였고, 그 자체가 조물주이며 신(神)이었다. 이진사는 이러한 하늘에 대한 인간들의 마음가짐이 하늘의 뜻에 적합하게 생활하는 경우도 있지만 그렇지 않은 경우가 더 많음을 아는 순간, 이들에게 하늘을 전하는 것이 자신의 일이 아닌가 생각하게 되었던 것이었다. 그러나 하늘을 전하는 것은 혼자의 힘으로 되는 것은 아니었다.

그러한 뜻을 가진 것은 30대 중반이었다. 어느 날 우연히 하늘의 뜻이 가슴에 전해지고, 이후 이것이 무엇인가 생각하며 지내 온 세월이 길어지면서 그렇게 된 것이다. 하지만 30여 년이 지난 지금에도 어떻게 전해야 하는지에 대하여 아직 구체적인 방법을 찾지 못하고 있던 중 근래 들어 어렴풋이 이러저러한 생각이 드는 것이었다.

하지만 아직 뚜렷이 이것이라고 집어낼 만한 생각을 갖지 못하고 있었다. 그러던 중 자신의 능력으로는 부족하리라는 생각이 들어 누군가를 찾게 되었고, 하늘을 전할 수 있는 누군가가 바로 진이일지도 모른다는 생각을 하게 되었던 것이다.

아직까지 확신은 없다. 하지만 이 아이였으면 좋을 것이라고 생각하고 있었던 것이다. 아마도 신이 있어 자신의 생각을 읽어 준다면 이 아이를 점지해 줄지도 모른다고 생각하고 있는 것이다.

진이를 보고 어쩌면 이 아이가 자신이 찾지 못했던 '하늘을 전하는 방법'을 찾을 수 있는 아이일 수도 있을 것이라는 생각을 하자 이 아이가 더없이 소중하게 된 것이다.

하늘은 결코 지성을 버리는 법이 없는 것 아닌가? 아니, 아닐 수도 있으리라. 하지만 이러한 결과에 실망해서도 안 될 것이었다. 모든 것이 하늘의 뜻이라면 어찌 한 인간의 마음으로 하늘의 뜻을 판단할 수 있을 것인가?

이진사는 결코 독촉하지 않는 마음으로 진이의 성장을 바라보기로 하였다. 진이가 하늘의 뜻을 전할 수 있는 능력을 받을 아이라면 때가 되었을 때 어떠한 징조가 나타날 것이고, 그 뜻을 자신이 알 수 있을 것이다.

하지만 그렇지 않은들 어떤가? 그 일을 반드시 내 집안에서 하여야 한다는 법도 없었다. 어차피 누구든 하늘을 전하는 수많은 방법 중에 한 가지를 선택할 것이고, 내가 지금 원하고 있는 이것마저도 한낱 욕심일 수도 있는 것이다.

욕심을 가지면 가질수록 인간의 마음이 점차 무거워져서 결국은 자신마저 하늘의 뜻을 읽어 냄에 실수가 있을 수 있는 것이다. 그렇게 된다면 자신도 하늘의 뜻을 안다고 자신할 수 없을 것이었다.

한 가지 가능한 것은 아직 자신이 큰 실수를 하지 않고 지내 왔다는 것이었다. 이러한 것 하나만으로 하늘이 아직 자신을 버리지 않고 있음을 알고 있었다. 하늘은 결코 가벼이 반응하지 않았으며 하나하나를 신중하게 처리하고 있었다. 이러한 것은 자신이 엄청난 공(功)을 들여 하늘을 보려 하였음에도 보여 주지 않다가 이번에서야 잠깐 하늘을 느꼈던 것에서도 알 수 있었다. 어찌 가벼이 하늘을 알 수 있다고 자신 있게 말할 수 있을 것인가?

하늘이 스스로 보여 주지 않고서는 감히 하늘을 알았다고 할 수 없거늘 자신의 경지에서 하늘을 알았다고 말하는 것조차 있을 수 없는 일이었다. 하늘은 자신이 그렇게 쉽게 말할 수 있을 만큼 가벼운 것이 아닐 뿐더러 아직 실체를 확인할 수 없을 만큼 큰 것이었다.

허나 이진사는 진이의 성장에서 작은 암시 하나를 얻을 수 있었다. 이 암시는 바로 진이가 완성시키지는 못할지라도 어느 정도 역할을 할지도 모른다는 것이었다. 이러한 자신의 판단이 정확하다면 진이는 상당한 정도까지 확인해 낼 것이다. 진이가 전부 해낼 수 없다면 그 다음 대에서라도 해 주면 좋을 것이었다. 수십 대가 지나더라도 우리 집안에서 해낼 수만 있다면 얼마나 좋을 것인가?

다른 누군가가 할 수 없는 일을 우리 집안이 해낸다면 누군가가 선인이 될 수 있을 것이고, 선인이 된 누군가가 나머지 역할을 한 사람들에게 깨우침을 전해 줌으로 인하여 선인의 숫자가 많이 증가할 것이고, 선인이 증가하면 자동적으로 나머지 사람들 역시 선계로 갈 수 있는 공부를 하지 않을 것인가?

지금 당장이 중요한 것이 아니고 누가 하는가가 중요한 것이라고 할 수 있었다. 진이가 할 수 있다면 더 이상 바랄 것이 없었다. 하지만 진이의 능력으로 할 수 있다는 것은 장담할 수 없는 것이었다.

이진사는 이것이 바로 욕심임을 깨달았다. 이러한 것은 욕심으로 해서는 아니 되는 것이었다. 하늘의 일을 어찌 인간이 판단하여 행할 수 있을 것인가? 하늘의 일정이 별도로 있을 것이거늘 인간이 감히 하늘의 영역에까지 영향을 미치려 한 죄를 지은 것이었다.

　그렇다면 이러한 것에 대한 바람은 어떠한 것이어야 하는가? 진이의 성공을 비는 것마저도 허락이 되지 않는 것인가? 다른 모든 이와 동일하게 '진이가 능력을 가지고 있다면 할 수 있도록 허락해 주십사.' 하는 정도의 기도는 괜찮을 것 같았다.

　하지만 이진사는 이 정도의 바람마저도 접었다. 이미 하늘의 뜻이 정해져 있다면 모두 이루어질 수 있을 것이며, 그렇지 않다면 한낱 자신의 욕심으로 끝날 것이었다. 욕심이 인간을 얼마나 무겁게 하는지 알고 있는 이진사는 이러한 욕심마저도 버릴 것을 결심하였다.
　인간이 인간으로서 할 수 있는 것만 하면 될 것을 감히 신의 영역에까지 침범하여 이러니저러니 하는 것 자체가 불경인 것 같았다. 그렇다면 이러한 것조차도 짐이 될 것이었다. 이진사의 생각은 모든 것에서 자신의 마음을 버리는 것이었다.
　마음을 버린다 함은 집착을 버리는 것이었다. 집착을 버림으로써 하늘에 자신의 뜻을 전하고 그 뜻의 전달에 의해 하늘이 새로운 임무를 하명하면 그것에 따를 생각이었다.
　자신은 이 땅에 태어나서 정말 많은 것들을 하고 싶었다. 그러나 자신이 하여야 할 그 많은 것들을 깨달은 시간이 너무 촉박하여 하고 싶은 많은 것들을 하지 못할 수밖에 없을 것이라는 것을 알게 되었다. 이승에 있을 수 있는 시간은 한정되어 있다. 그러나 하여야 할 일은 지속적으로 이어지는 것이다. 이것들을 자신이 다 한다는 것은 어려운 것이고, 다른 누군가가 지속적으로 이어 가면서 하여

야 할 것이었다. 자신의 역할은 자신이 할 수 있는 부분만 한다면
되는 것이라고 생각되었다.

태어나서 부모님께 많은 것을 배우고, 성혼을 하여 진이를 보았
다. 진이 외에도 형들이 더 있었으나 그 애들은 너무나 평범하여 선
계의 업무로 보았을 때는 다른 무엇을 발견할 수 없었다. 그러나 진
이의 경우는 남다른 무엇이 있었다. 그래서 이진사의 마음에는 우
선적으로 진이를 두고 있었다. 진이의 경우 결혼을 시킬 때에도 속
내로는 남다른 주의를 하며 시키지 않았던가?

며느리는 인근에서 벼슬이나 재물로는 내세울 것이 없었지만 성
품이나 가정교육으로는 내세울 만한 집안에서 취했으며, 며느리가
들어온 이후 동네에서 칭송이 자자하던 터였다. 위로 오빠 하나, 남
동생 하나, 여동생 둘의 오 남매의 둘째로 태어났으면서 위아래로
오빠, 동생을 잘 대하고 분별 있는 행동을 함으로 인해 친척은 물론
동네 사람들에게 호감을 많이 받고 있던 터였다. 그래서 이진사는
이 며느리가 하늘의 뜻에 의해 자신의 집안으로 온 것으로 생각하
고 있었다.

향천(向天_별세를 의미함)을 생각하여야 할 무렵이 된 즈음 이진
사는 이 며느리를 더욱 마음 써서 지켜보고 있었다. 아이를 수태하
고 용꿈을 꾸었을 때부터 혹시 손자가 선계 출신이 아닌가 하였던
추측은 확신이 없었으나, 며느리가 인간으로서 상품(上品)의 천성
을 가지고 태어난 것만은 틀림이 없었다.

이러한 것은 며느리가 모든 점에서 누구 못지않은 행동거지를 보

일 뿐만 아니라 항상 약간씩 남보다 나은 점을 보임으로써 남들이 무시할 수 없을 뿐만 아니라 마음속으로는 존경까지도 하는 것을 보았을 때 알 수 있었다.

아마도 며느리가 남자로 태어났다면 큰일을 할 수도 있을 만큼 의지가 있고 영민한 아이였다. 이러한 것을 보면서 며느리에게도 기대가 있었으나 그런 며느리가 출산할 손자에게도 기대가 있었던 것이었다. 이 정도로 후일을 기약할 수 있게 된다면 자신이 떠나기 전에 할 일은 전부 한 것이 아닌가 하는 생각이 들었다.

향천, 벗어남

· 49 ·

마음을 가벼이 해도 되리라. 모든 것은 하늘의 뜻이 아니겠는가?
자신의 역할은 일부에 불과한 것이고, 이 일부에 불과한 것은 자신
이 전부 하였다고 할 수 있지 않겠는가?

이진사는 자신이 걸어온 길을 뒤돌아보았다. 나이가 들어서는 아마도 남들보다 속으로는 더 많은 갈등을 하면서 살아왔으리라. 이승을 떠난다 한들 자신의 업적에 대하여 과대평가받고 싶은 생각은 없었다. 하지만 자신이 한 것만큼은 정당하게 평가받고 싶었다.

자신의 일생이 다른 사람들과 비교하여 형편없다고 할 수는 없겠으나 낫다고 볼 수도 없었다. 그저 평범한 일생을 산 것이라고 할 수 있다. 그러나 무엇인가 마음속으로 뿌듯한 것이 있었다.

다른 사람들은 자신이 태어나서 무엇을 하고 가야 할 것인가에 대한 생각이 없이 살아가는 경우가 많이 있었다. 하지만 자신은 그래도 하여야 할 일이 무엇인가에 대하여 생각을 하면서 살아왔고, 이러한 것들이 큰 것은 아니나 자신이 걸어온 길에 대하여 그런 대로 자국이 남아 있었다.

진이를 비롯하여 며느리도 자신의 뜻을 잘 받들어 나오고 있음을 알 수 있었다. 그것은 자신들이 낳은 아이에 대하여 이들이 하는 행동을 보면 알 수 있었다. 아이에 대한 이들의 생각은 근본적으로 다른 사람들과 같지 않음을 볼 수 있었다. 우선 아이를 아이답게 취급하지 않고 어른처럼 취급하는 것이었다. 때로는 너무나 매몰차지 않을까 싶을 정도로 어린아이에게 도리(道理)를 전달하는 것이었다.

물론 자신도 어릴 때의 진이에게 그러한 방법으로 교육을 시키고는 하였다. 하지만 진이는 자신보다 한술 더 떠서 지함을 다루고 있는 것이었다. 어리다고 해서 조금도 양해하는 법이 없었다. 지함이 동네 아이들처럼 아이 노릇을 하는 것에 대해서는 전혀 배려가 없었다. 아이가 빗나갈 우려가 있을 정도의 엄격함이었다.

예를 들어 사정이 있어 하루 할당량의 책을 읽지 못하면 자는 아이를 깨워서라도 밤늦게까지 반드시 읽도록 한다든지, 아침저녁 단정한 모습으로 동네 어른들에게까지 문안 인사를 여쭙게 한다든지, 길가는 사람들에게라도 공손하게 대하지 않으면 심하게 책망하고 상대방에게 반드시 사죄드리도록 한다든지, 한 달에도 몇 번씩 되풀이되는 동네나 집안 행사에 어엿하게 참가자의 일원으로서 참여하는 것 등이었다.

그러나 지함 역시 어린 나이임에도 그러한 것을 당연하게 받아들이면서 대인(大人)다운 풍모를 잃지 않고 있었다. 어른들이 자신에게 원하는 것이 무엇인지 정확히 알고 자신의 잘못을 시인하였으며, 부모님의 걱정에 대하여 전혀 노여움이 없었다. 이러한 것은 타고난 대인으로서의 대범함을 가지지 않고서는 있을 수 없는 아이답지 않은 모습이었다.

지함이 커 가는 모습을 세심하게 지켜보고 있는 이진사는 시간이 지날수록 더 마음을 놓고 향천 준비를 할 수 있었다.

· 50 ·

'향천이라……. 내가 벌써 한평생을 보내고 향천을 할 때가 된 것인가?'

사람의 수명(壽命)은 하늘의 명(命)이므로 사람으로서는 어쩔 수 없는 것이나 한편으로는 서운함이 있는 것 역시 사실이었다.

이승에 있는 동안 사람의 힘으로 할 수 있는 것을 들라면 아마도 한정된 능력으로 무엇을 할 수 있을 것인가 하는 생각이 들 것이다. 그러나 인간의 힘으로 할 수 있는 것 역시 적지 않았다.

우선 '사람을 만나는 것'이다. 인간이 인간을 만난다는 것은 그 자체로 사건이었다.

둘째는 '인간이 살아가는 것' 자체가 사건이었다.

셋째는 '인간이 머물다 떠난 자리' 역시 지속적으로 인간 세상에 영향을 미치는 일이었다.

인간이 태어나는 것은 최초의 만남이었다. 부모로서 만나고, 형제로서 만나며, 이웃으로 만나고, 타인으로, 친인척으로 만났다. 만남은 인간으로서의 출발이며 모든 것의 시작이었다. 또한 살아감은 인간으로서 닦여 감을 뜻하는 것으로서 이 과정을 어떻게 보내느냐에 따라 선인이 되는가, 인간으로 남는가가 결정되는 것이었다.

떠남, 즉 향천은 인간이 인간으로서 살아온 것 전체에 대하여 평가받는 자리였다. 시작과 과정, 그리고 그 이후의 평가, 이 세 가지 과정을 통하여 인간은 선인이 될 수 있는 것이며, 인간으로 다시 태어날 수 있는가의 여부가 결정되는 것이었다.

이진사는 이제 두 가지 과정을 마치고 세 번째 과정을 남겨 두고 있었다. 자신이 이승에 들어 할 수 있는 두 가지 일을 끝낸 것이었다. 아직 남아 있는 시간들이 있기는 하였으나 어떤 새로운 일을 하기에는 부족하였다. 아무런 일도 하지 않고 보내기에는 무료한 시간이었으나 매듭을 지을 만한 시간이 남아 있지 않다는 것은 자신이 더욱 잘 알고 있었다.

이진사는 세상에 대하여 자신의 마음을 덜어 낼 준비를 하였다. 모든 것에서 집착을 벗어 내었으며 자신이 깊이 심어 놓은 모든 것들에게서 자신의 마음을 거두었다. 자신의 마음을 심어 놓았던 이 세상의 모든 것들은 자신이 이승을 떠난 후 후세에 이승에 태어날 선인들에게 자신의 뜻을 전하기 위해서였으나 그마저도 부담스러운 것으로 느껴지는 것이었다.

따라서 이제는 모든 것을 거두어야 할 것으로 생각하고 서서히 이승에 심어 놓은 자신의 무게를 줄여 가고 있었다. 이러한 이진사의 시도는 자신의 마음의 무게를 상당 부분 줄였으며, 이로 인하여 이진사는 부담 없이 향천의 준비를 할 수 있었다.

향천할 시간이 다가오자 이진사의 마음속에는 지나간 날들의 많은 사건들이 지나갔다. 이 모든 것들이 지금은 비움의 의미를 지닌 채 이진사에게 다가오는 것이었다.

'비움'

그것은 진정 자유였다. 이진사는 이 비움의 의미를 진정·깨달아 가고 있었다. 이렇게 가벼운 것이라면 진즉 비웠어야 더 많이 깨달을 수 있음을 알아가고 있었다. 자신의 다녀간 자국을 남기기 위해 마음을 심었던 것마저도 욕심임을 알았던 것이다.

이진사는 모든 것에서 자유로울 수 있는 것은 모든 것에의 집착을 끊는 것임을 확신하였다. 따라서 모든 것을 버릴 수 있는 마음이야말로 모든 것을 얻을 수 있는 방법임을 알았다.

이후 이진사는 모든 것에서 벗어나서 자유를 만끽할 수 있었다. 생명에 대한 집착마저도 벗어날 즈음 이진사는 자신이 이승에서 가장 자유로울 수 있음을 알고 있었다. 어느 누구의 자유도 자신의 것보다는 덜할 것 같았다. 이 정도의 자유라면 우주의 어느 곳에 있든지 간에 날아다닐 수 있을 것 같았다.

향천 이전 자신이 하여야 할 것이라고 생각하였던 모든 것에서 자유롭고 나서부터 이진사는 이 세상의 모든 것들이 진정 소중하고 값진 것임을 인정하고 모든 것에서 벗어나 훨훨 날 것 같은 세월을 보내고 있었다. 집착에서 벗어나고부터는 아까울 것도, 미련을 가질 것도, 안타까워해야 할 것도 없었다. 모든 것은 자신의 길을 가는 것이었다. 그 자신의 길에 대한 걱정마저도 간섭이며 무질서이고, 남의 일을 하는 것으로 느껴지는 것이었다.

때로는 '이러한 것이 진정 모든 것을 위하는 것인가.' 하는 생각마저 들 정도로 얼마 전의 이진사의 모습에서 벗어나 있는 것이었다. 다른 사람들은 이진사의 변한 모습에서 어쩌면 향천의 모습을 보고 있는 것인지도 몰랐다.

예전의 이진사가 아닌 것이었다. 예전의 이진사는 이렇게 모든 것에서 초연할 수 없는 사람이었던 것이다. 다른 모든 사람들이 그렇다고 해도 이진사만은 열심히 자신의 길을 가는 사람이었던 것이다. 그렇던 이진사가 어느 날인가부터 모든 것으로부터 벗어나 있음을 집안 사람들은 물론 동네 사람들까지도 알아채기 시작하고 있었다.

사람의 마음이 변한다는 것은 커다란 동기를 필요로 하였다. 이진사의 경우 하늘의 뜻을 읽고 나서 모든 것에서 집착을 놓았고, 이 집착으로부터의 벗어남이 사람을 너무나 변하도록 만들어 놓은 것이었다.

이진사는 자신의 향천일을 짚어 보았다. 앞으로 길어야 서너 달인 것이다. 가급적 길일을 택하여 떠나 볼 생각이었다. 자신의 육신마저도 남기지 않으려는 생각이 없는 것은 아니었으나 그동안 자신의 일생을 잘 보필하여 온 육신에 대한 예의로서 가능한 한 삭아서 사라질 동안만이라도 도리를 다해 주고 싶었다.

그동안 더욱 열심히 마음을 비우고 모든 것에 진심으로 감사하며 지내야 할 것이라고 생각한 이진사는 이러한 자신의 생각을 실천하는 방법으로써 매일 새벽 하루에 두서너 시간씩 만물에 감사하는 명상시간을 갖기로 하였다. 자신에게 남겨진 결코 길지 않은 시간

을 가치 있게 보낼 수 있는 방법은 그 방법밖에 없을 것이라고 생각
한 것이었다.

'이 시간들을 내가 이승에 있는 동안 모든 이에게 감사하는 시간
으로 보내자.'

· 51 ·

이런 생각들로 지내던 어느 날 이진사는 자신의 명이 거의 다하
였음을 느꼈다. 수일 전부터 하늘에서 내려오는 천기(天氣)가 약해
지고, 땅에서 받던 지기(地氣)가 강해진 것이었다.

'지기가 강해지다니……'

지기가 강해지는 것은 두 가지 이유가 있었다. 한 가지는 천기가
약해지므로 상대적으로 지기가 강하게 느껴지는 것이었다. 이러한
경우는 천기를 받아들이는 혈(穴)이 막혔을 경우에도 있을 수 있는
현상이었다. 이런 때는 스승이나 수련 정도가 높은 사형(師兄) 등이
혈을 개통시켜 줌으로써 해결되는 것이었다.
또 한 가지는 천기는 그대로 있으나 지기가 워낙 강해져서 그렇
게 되는 것이었다. 이럴 때는 대부분의 인간들이 지기에 휩싸여 지
기의 포로가 되어 버리고 마는 경우가 많았다. 지기에 패하게 되면

다시 일어서기가 어렵게 된다. 대개 수련을 하지 않는 사람들에게서 일어나는 현상이므로 다시 돌이키기 어려운 상태가 되어 버리는 것이다.

이진사의 경우는 전자(前者)였다. 천기가 막히고 있었다. 모든 것을 비우는 과정이 길어지면서 천기를 당기는 힘이 약해져 버린 것이다. 천기를 당기는 힘이 약해지게 되면 천기는 약해지나 지기는 가까이 있어 그 효력이 동일하게 미치므로 지기가 강해진 것처럼 느끼게 되는 것이었다.

이진사는 자신의 경우가 전자임을 알고 있었다. 경혈을 열거나 천기를 당김으로 인하여 천기를 강화시킬 수는 있으나 이 또한 이진사의 입장에서는 원하는 일이 아니었다. 진정 원한다면 오로지 하늘기운을 받으며 마지막을 장식하고픈 생각뿐이었다. 하늘기운이 중간 정도의 수준을 유지해 준다면 어느 쪽으로도 기울지 않고 마지막을 편히 보낼 수 있을 터였다. 하지만 지기가 강해진다면 지기에 의해 그나마 있었던 천기마저도 더욱 약해질 수 있었다.

그러나 이진사는 마지막 소망마저도 버리기로 하였다. 그렇게만 된다면 나는 전부 비운 것이 될 것이다. 이렇게 비운 후에 정말 가벼이 떠날 수 있으리라. 천기인들 어떠하며 지기인들 어떠할 것인가? 천기도 지기도 느끼지 못하던 날들도 잘만 살아왔거늘 이제 향천을 준비하는 요즈음 천기가 조금 부족하면 어떤가?

이제 곧 아무것도 없이 살아가야 할 것이다. 이번에 들어가는 곳

이 어떠한 곳인가에 대해서는 너무나 여러 사람이 쓴 것을 읽은 것
이 있어 그런 대로 알고는 있었으나 확신은 없는 터였다.

· 52 ·

이러저러한 생각을 하고 있던 중 몸이 가벼워지는 것을 느꼈다.
육신의 무게가 점차 줄어들고 있었던 것이다. 허나 일어서려 하자
일어서기가 상당히 불편하였다. 이러한 일은 아직까지는 없었던 일
이었다. 몸이 무거우면 좌우가 동시에 무겁지 한쪽으로 쏠려서 감
각이 치우친 적은 없었기 때문이다.

앞에 무엇인가가 보였다. 많은 사람들이 보이고 있었다. 돌아가
신 아버지가 보였다. 동네 분들 중 돌아가신 분들도 보였다.

이진사는 다시 일어서 보려 하였다. 그러자 몸은 그대로 있는 상
태에서 기운으로 일어서지는 것 아닌가? 이진사는 너무나 놀랐다.
이렇게 향천을 하는 것인가? 몸은 그대로 앉아 있었다. 그런데 자신
이 일어선 것이다. 다시 앉아 보았다. 그대로 앉아졌으나 몸을 비켜
앉아지는 것이었다. 이미 몸과 하나가 아닌 둘이 되어 가고 있었다.

'이렇게 떠나는 것이구나……'

하지만 걱정할 것은 없었다. 어느새 유언을 남길 만큼의 미련조
차 남아 있지 않았던 것이다. 모든 것을 깨끗이 정리한 것이 언제이

던가? 여기에 생각이 미치자 순간 모든 것이 이진사의 마음을 떠나 원래의 자리로 돌아가고 있었다.

이진사와 관계 있었던 것들은 이제는 깨끗이 비워져 어디에도 이진사의 흔적이 남아 있지 않았다. 이진사는 더 이상 남아 있을 필요가 없음을 알았다. 더 이상 남아 있고 싶어도 남아 있을 수 없는 시간이 다가온 것이다.

이진사는 일어선 채 남겨져 있는 몸을 바라보았다. 자신을 육십여 년간 싣고 온 육신은 가만히 눈을 감고 앉아 있었다. 더없이 평화로운 얼굴이었다. 이만하다면 이제는 떠나도 되리라. 저렇게 평온한 얼굴은 아무에게서나 나올 수 없는 얼굴이었다.

'나도 이제 인간들에게 부담을 주지 않을 만큼 마음이 열린 것일까?'

자녀들은 이제 클 만큼 커서 자신의 향천을 편안히 바라볼 만큼 되었으니 그 애들이야 조금의 서운함만 뺀다면 될 것이나 손자가 걱정이었다. 하지만 그 애는 오히려 총기가 있고 선기(仙氣)가 보여 사실상 가장 걱정이 덜 되는 편이었다.

그렇다. 이제는 떠나도 될 것이다. 다시 돌아갈 수 없는, 떠나지 않을 수 없는 형편이 되기는 하였으나 어쨌든 마음 놓고 갈 수 있게 된 것이다.

마음이 홀가분하였다. 이승에 와서 한 갑자(甲子)를 잘도 지내왔다. 모든 것을 깨달은 시점이 너무 짧아서 결코 보람있게 보냈다고 할 수는 없으나 그래도 마지막에라도 어느 정도 깨달은 것이 다행이라고 생각되었다.

이만큼 깨닫고 이만큼 비운 채 갈 수 있는 것만이라도 다행으로 알아야 할 것이었다. 이진사는 드디어 마음을 속세에서 아주 비웠다. 모든 것을 한 번 바라보는 것만으로도 마음은 아주 정리가 되었다.

· 53 ·

이진사의 향천은 동네 사람들에게 더할 나위 없이 서운한 일이었다. 고을의 모든 사람들에게 무엇인가가 비워진 듯한 느낌을 너무나 크게 주었다.

단지 한 사람이 세상을 떠난 것 이상의 비워짐…….

무엇인가 이들의 가슴에서 거두어진 듯한 느낌을 전해 주고 가 버린 것이다. 비단 사람들의 가슴에서만 이러한 일들이 일어난 것이 아니었다. 나무와 풀, 산과 들에서도 무엇인가가 거두어져 버린 것 같은 공허가 배어 나오는 것이었다.

세상은 반드시 원칙에 의해 움직이는 것은 아닌 듯 하였다. 하지만 원칙이 아닌 듯 생각되는 그것이 원칙인 것은 우주의 기준으로나 재어 볼 수 있음직한 일이었다. 크고 작은 것이 인간의 기준으로 재어지는 것이듯 도의 깊이는 우주의 기준으로 측량되는 것인 듯 싶었다.

　마냥 평범한 것 같았던 이진사는 향천 이후 이제껏 겪어 보지 못
했던 것을 경험하게 되는 것이었다. 이진사는 육신을 바라보면서 자
신의 몸을 어쩌면 다시 볼 수 없을는지도 모른다는 생각이 들었다.

　마냥 편안한 얼굴이었으므로 걱정이 되는 것은 아니었으나 그래
도 다시 한 번 자신의 육신을 보고 싶은 생각이 들어 공중으로 올라
가는 자신의 기체(氣體)를 낮추어 보고자 하였다. 그러나 자신의 기
체는 더 이상 자신의 것이 아니었다.

　통제력을 잃은 자신의 기체는 공중으로 천천히 계속 솟아 올라가
는 것이었다. 이미 자신의 몸이 아니고 기운으로 화해 버려 더 이상
자신의 힘으로는 어찌할 수 없게 되어 버린 것 같았다. 이러한 상황
에서 이진사가 할 수 있는 일은 그냥 마음 편히 생각을 하는 길뿐인
것 같았다.

　'그래, 이제 와서 무엇을 더 어찌한단 말인가! 한 번 더 바라본들
무엇이 더 남겠는가. 그렇다고 다시 돌아갈 수도 없는 일 아닌가. 가
자. 어딘지 모르지만 지나간 날의 나의 삶에 의해 평가받을 것 아니
겠는가? 내가 올바로 살았으면 올바로 살아온 값을 받을 것이고, 그
렇지 않다면 그렇지 않은 값을 받을 것이다. 모든 것을 하늘의 뜻에
맡기기로 하자. 무엇을 더 망설이는 것인가. 가자. 그리고 맡기자.'

　이진사는 모든 것을 하늘에 맡기기로 하였다. 살아 생전 모든 것

을 비우는 연습을 무던히도 한 탓에 마음을 먹자마자 모든 것이 쉽게 잊혀져 가고 다시 마음이 가벼워져 갔다.

비움의 끝은 무엇인가

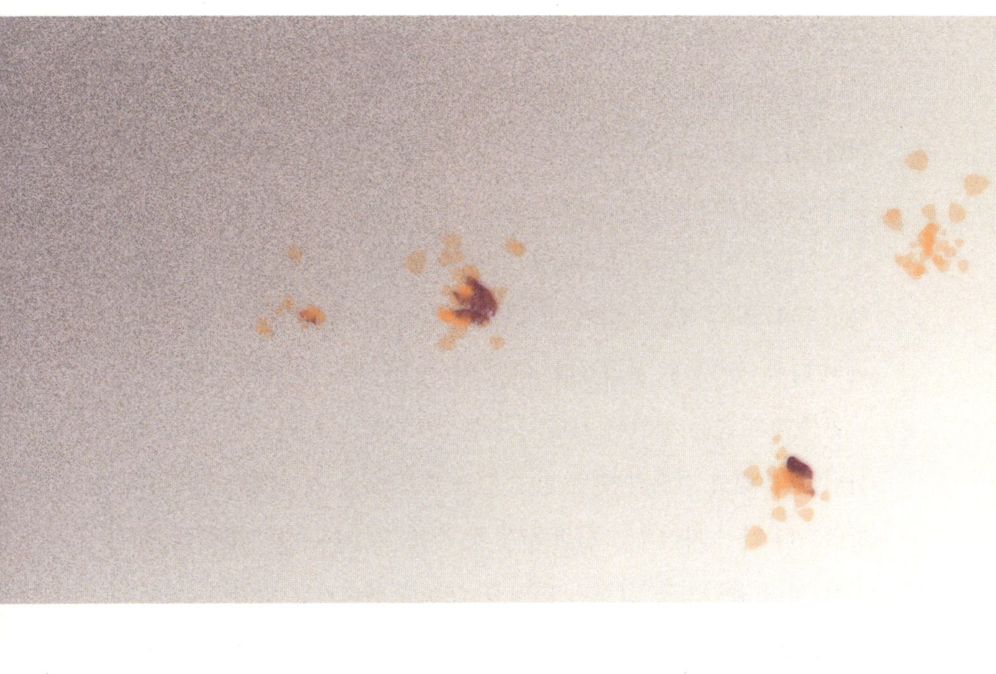

· 54 ·

이진사는 하늘을 보았다. 무엇인가 검은 점 몇 개가 보였으나 아직 멀어서 무엇인지 알 수 없었다. 하지만 점점 가까이 다가가면서 보니 사람들인 것 같았다.

'누군가? 나처럼 올라오는 사람들인가?'

하지만 그들이 다가오는 것으로 보아 가만히 떠 있는 것 같았다. 점점 다가가자 멀리 몇 사람이 공중에 떠 있는 것이 보였다. 검정 옷을 입은 사람들이 다섯 명 있었다. 공중에 떠 있지만 땅에 서 있는 것처럼 자연스럽게 떠 있었다. 한 명은 주변을 어슬렁어슬렁 걸어다니고 있었으며 나머지 네 명은 편안한 자세로 서서 이진사가 올라오는 것을 바라보고 있었다.

이진사는 이 사람들이 자신을 맞이하는 것으로 알고 인사를 하려 하였으나 본 척 만 척 하며 그대로 서 있었다. 이진사는 이들을 지나쳐 다시 공중으로 올라갔다. 이제 떠나온 육신은 보이지 않았다.

공중의 모습은 예전에 보던 것과는 달라져 있었다. 그냥 하늘이 아니었다. 밟고 걸으려 하면 밟고 걸을 수도 있을 것 같다는 생각이 들었으나 아직 자신은 그러한 행동을 할 수 없었다. 바람의 힘에 풍선이 밀려 올라가듯 그렇게 천천히 하늘로 올라가고 있었다. 이것이 하늘인지 아닌지에 대해서도 확신할 수 없었지만 어쨌든 떠 올라가고 있는 것이 분명한 것은 주변의 것들이 천천히 내려가고 있음에 비추어 알 수 있었다.

방금 만났던 사람들은 지금 생각해 보니 자신을 보지 못한 것 같았다. 표정들이 웃는 것도 아니고 우는 것도 아니었지만 무표정보다는 편안한 인상에 약간 긴장된 표정들이었던 것으로 미루어 보아 그들이 악한이 아니고 선한 사람들임을 미루어 짐작할 수 있었다.

다시금 생각하건대 그들이 이진사의 인사를 받지 아니한 것은 그들이 자신을 보지 못하였음이 틀림없다는 생각이 들었다.

'괜히 신경쓸 것 없다.'

지금 그것마저도 비워야 할 것이라는 생각이 들었다.

'이러한 모든 것들을 비우는 데까지 비워 보자. 어디까지 비워야 모두 비웠다고 할 수 있을 것인가? 새로이 보는 모든 것들에 대해서도 비워 보자. 비우는 데까지 비우다 보면 비움의 끝이 나오는 것 아니겠는가? 이제는 비움의 끝이 목적이 되어 버린 것 아닌가!'

이렇게 생각하면 할수록 이진사가 떠올라 가는 속도가 빨라졌다. 처음에는 서서히 올라가는 듯 아닌 듯 떠올라 갔으나 마음의 무게가 가벼워지면서 바람이 느껴질 정도로 속도가 더해지는 것이었다. 보이는 것이 아무것도 없이 한참을 올라간 것 같았다. 가끔 보이는 것이라고는 흐린 날처럼 뿌연 것이 안개 같기도 하고 구름 같기도 한 것이 전부였다.

문득 앞이 밝아져 오고 있다고 생각한 순간 먼 곳에 흰옷을 입은 사람이 보이고 있었다. 멀리 보이는 사람들이 다가오는 속도가 빨라졌다. 아니 이진사가 올라가는 속도가 빨라진 것이다. 이번에는 일곱, 아니 여덟 명이었다. 순백색의 옷을 입은 사람과 미색의 옷을 입은 남자들이 공중에 떠 있었다. 아까도 전부 남자들이었으나 지금도 역시 남자들이었다.

175~180센티미터 정도의 키에 건장한 체격이었으며, 이들 중에는 가벼운 끈 같은 것을 손에 들고 있는 사람들도 있었다. 그러고 보니 자세히 보지는 못하였으나 아까 검정 옷을 입은 사람들은 무엇인가 연장 같은 것을 들고 있었던 것 같기도 하였다. 그들이 들고 있었던 것은 커다란 것들이었다. 키보다 큰 것도 있고, 어깨 높이 만한 것도 있었지만 어쨌든 연장치고는 큰 것이었다. 하지만 지금 앞에 보이는 이들은 아주 작은 것들을 들고 있었다.

이진사는 이들 역시 검정옷을 입은 사람들처럼 자신을 보지 못하고 있는 것으로 생각하고 이들을 지나쳐 올라가려 하자 한 사람이 이진사를 향해 다가오는 것이었다. 공중에서 아주 자연스레 걸어오는 것이었다. 공기를 밟고 움직이는 것이 어찌 저렇게 땅에서 걸어다니는 것처럼 자연스러울까? 이진사는 그들이 자신을 보고 오는 것은 아니라고 생각하고 무심으로 가만히 떠올라 가고 있었다.

헌데 그들이 자신을 향하여 다가오는 것만 같았다. 그들의 얼굴은 두건 같은 것을 착용한 그늘 밑에 웃음을 띤 것 같았다. 가까이 다가온 것을 보니 어디서 본 것 같은 사람들이었다.

'이들을 어디에서 보았을까? 틀림없이 어디선가 본 사람들인데.'

하지만 못 본 것 같기도 하였다. 사람들이란 것이 본래 비슷한 용모를 가진 경우가 많아서 반드시 보았다고 할 수는 없을 것 같았다. 이진사는 이들을 어디에서 보았을까 생각하며 고개를 갸우뚱하였다. 그러면서도 이들 역시 자신을 보지 못할 것으로 생각하고 그냥 지나치려 하였다. 그러나 아무래도 이번에는 이들이 자신을 보고 다가오는 것 같았다.

"어디로 가시는 뉘시오?"

'나를 보고 부르는 것이 아니리라. 그냥 올라가자. 먼저처럼 보았으리라고 생각하고 대답을 하였다가 무안을 당하는 것보다는 나으리라. 앞으로 어찌 될지는 알 수 없는 것이나 이 사람들이 나를 알리 없지 않은가?'

하지만 이들은 이진사를 부르는 것이었다.

"어디로 가시는지 물었소이다."

이진사는 그제야 자신을 보고 이야기하고 있음을 알았다.

"저 말씀이십니까?"

"그럼 누가 계시오?"

“저는 방금 올라와서 아직 어디가 어딘지 모르옵니다. 제가 어떻게 어디로 가는지 알겠사옵니까?”

“그래도 가고 싶으신 곳이 있으실 것 아닙니까?”

“어디가 어딘지 모르고 있는데 가고 싶은 곳이 있을 리 없습니다.”

“선한 자가 가는 곳이 있고 악한 자가 가는 곳이 있습니다. 어디로 가시겠습니까?”

“저는 어느 곳으로도 갈 수 없을 것 같으나 굳이 따진다면 악한 자가 가는 곳으로 가야 할 것 같사옵니다.”

“왜 그렇게 생각하십니까?”

“제가 잘한 것이 없기 때문입니다.”

“어찌 그렇게 생각하십니까?”

“하늘을 위하여 무엇도 제대로 한 것이 없사옵니다.”

“이곳이 어딘지 아시고 계십니까?”

“모르옵니다.”

“그렇다면 지금 심정이 어떠하신지요?”

“마음이 가벼울 따름입니다.”

“아쉽거나 한 것이 없는지요?”

“아쉽다고 해결되는 것도 아닌 것을 아쉬워하면 무엇하겠습니까? 전부 비웠사옵니다.”

“비우느라 얼마나 고생하셨습니까? 이제부터는 그러실 필요 없습니다.”

“비운다고 다 비울 수 있겠습니까?”

“그렇지 않습니다. 이만큼 올라오셨다는 것은 마음이 얼마나 비워졌는가 하는 것을 나타내 주는 것입니다.”

아마도 마음의 무게에 따라 올라가는 높이에 차이가 있는 것 같

있다.

"여기는 어디인지요?"

"말씀드려도 모르실 것이옵니다. 여기는 아직 인간계에서 알고 있는 사람들이 별로 없는 곳이옵니다."

"그렇더라도 이름이 있을 것 아니옵니까?"

"이름이 없으니 모르는 것 아니겠습니까?"

"……?"

"신경 쓰실 것 없습니다. 이곳에서는 이름이란 한낱 쓸데없는 것 중의 하나일 뿐입니다. 앞으로 이러한 것을 많이 보실 것입니다. 그렇긴 하나 이상할 것이 없는 일입니다. 세상에는 이름보다 더 중요한 것이 많이 있습니다. 그것이 바로 기(氣)입니다. 기에는 특별한 이름이 없는 것이 맞습니다. 기에 이름을 붙인다는 것 자체가 이상한 것입니다.

참고로 저희들도 이름이 없습니다. 기운 자체가 말해 주는 것입니다. 선생께서도 이름이 없이 얼마간 지내실 것입니다. 허나 그것이 전혀 불편함이 없음을 아시게 될 것입니다."

"그렇군요."

"이곳은 인간의 몸으로 계시다 오신 분들 중 하늘을 위하여
일하신 분들이 오시는 곳입니다. 하늘을 위하여 일하셨다 함은
지상에서 하늘의 뜻을 알고 모르고를 떠나 하늘을 의식하고, 하
늘의 뜻에 따르려 노력하는 삶을 살아왔음을 입증하는 것입니
다. 하늘은 공평하기 때문에 하늘을 위하여 노력한 사람들에게
그만큼의 보답을 하는 것입니다. 이제 마음 놓으셔도 될 것입니
다. 이곳은 가장 편안히 계실 수 있는 곳입니다."

"고맙습니다."

"이곳은 지상에서 올라오신 분들께서 마음이 정리될 동안 머
무시는 곳입니다. 이곳에서 머무는 기간은 정해진 것이 아니며,
마음이 정리되어 하늘에서 필요한 곳에 소용될 정도가 될 때까
지 계시게 됩니다."

이진사는 이들이 말하는 것이 무슨 뜻인지 알 것 같았다. 이들은
하늘에서 소용될 만큼 변화될 때까지 이곳에서 다시 영혼을 정화시
키는 것 같았다.

아직 자신에게는 마음에 많은 때가 묻어 있음을 알고 있었다. 지
상에 있는 동안 어찌 죄를 짓지 않고 살았다고 할 수 있겠는가? 많

은 죄를 지으며 살아온 것이다. 그 많은 죄를 씻기 위해 나름대로 노력은 하였으나 그것을 모두 씻어 낼 수 있을 것이라고 생각해 본 적은 없었다.

· 55 ·

하늘의 뜻을 알 수는 없었다. 아직 미숙한 상태에서 어찌 하늘의 뜻을 알겠는가? 하늘의 뜻이 그렇게 가볍다면 하늘의 뜻을 모르는 사람이 어찌 있겠는가? 하늘의 뜻은 무겁고, 크고, 넓어서 인간의 힘으로는 모를 수밖에 없으리라.

허나 인간도 공부를 통하여 알 수 있는 방법이 있다고 들었다. 그 것을 이제야 알려 하다니……. 과연 하늘의 뜻은 무엇인가?

지상에 사는 동안 하늘을 위하여 일하였다 함은 하늘의 뜻을 알고 모르고를 떠나 하늘을 의식하고, 하늘의 뜻에 따르려 노력하는 삶을 살아왔음을 입증하는 것이라고 하였다.

'천의(天意)라…….'

하늘의 뜻? 어쩌면 알 것도 같았다. 하늘의 뜻이라면 하늘이 생각하고 행하고자 하는 것이 아닌가? 그렇다면 어려운 사람을 돕고 착하게 살려 한 것으로 족하지 않을 것인가?

인간은 죄를 짓지 않고는 살 수 없다. 알고도 짓고, 모르고도 짓는 것이 죄인 것이다. 지나가다가 개미를 밟아 죽일 수도 있는 것이며, 나뭇가지를 꺾어도 생물을 해하는 것인 것이다. 인간 세상의 법으로야 그것이 죄가 아니라고 하여도 하늘의 법에서는 어찌 죄가 아니라고 할 수 있을 것인가?

하늘의 법도에 의한다면 이 세상의 만물이 이치대로 가지 못하도록 하는 모든 것이 죄인가? 그렇다면 나는 너무 많은 죄를 지어 이곳에 올 수가 없을 것이었다. 그런데 왔지 않는가? 인간이 지은 모든 죄를 전부 허물한다면 살아갈 수가 없으리라. 하늘이 죄라고 하는 것은 따로 있는 것 같았다.

인간 세상의 법도가 아무리 좋은들 하늘의 뜻을 전부 표현할 수는 없을 것인데 어찌 인간 세상의 법도로 하늘의 뜻을 잴 수 있을 것인가? 아마도 하늘의 죄는 인간 세상의 죄와는 다를 것 같았다. 인간 세상의 죄라면 아직 큰 죄를 지어 본 적이 없는 내가 아니던가? 무엇인가? 무엇이 하늘의 죄인가?

……???

내 하늘의 죄를 지었다면 이곳에 올 수 없음은 명백한데 이곳에 온 것을 보면 최소한 하늘의 죄는 짓지 않았다는 말이 아니겠는가?

하늘의 죄란 무엇인가? 하늘의 뜻으로 보아 가장 큰 죄라면 아마도 마음으로 짓는 죄가 아니겠는가?

마음으로 짓는 죄, 그것도 없다고 할 수 없었다. 마음으로야 소싯적에 동네 처녀들을 좋아해 본 적이 없었던가? 장가를 들고 난 후에도 갑순이를 좋아했던 것이다. 그런데도 하늘의 죄를 짓지 않았

다고 잡아뗄 수는 없을 것 같았다. 그러나 어쨌든 하늘의 죄를 많이
는 짓지 않았으므로 이렇게 된 것이 아니겠는가?

지금부터라도 착하게 살면 될 수 있는가? 아니다. 나는 이미 살
아 있을 때의 과정에 대하여 심판을 받으러 이곳에 와 있는 것이
아닌가? 이제는 착하게 살려 해도 그것이 점수에 반영되는 단계는
아닌 것이다. 지금은 기다리는 것 외에 달리 방법이 없는 과정인
것이다.

얼마나 기다려야 심판의 날이 올지는 알 수 없다. 그러나 나의 삶
에 대한 심판이 있을 것임은 너무나 분명하였다. 심판의 결과가 어
떻게 나오든지 간에 절대적으로 승복하는 것이 바로 인간 이후의
일이리라.

'인간 이후의 일'

인간 이후의 일에 대하여 생각하여야 할 날이 이렇게 빨리 오다
니! 언젠가는 올 것으로 생각하고, 이렇게 되기 전에 그날을 대비하
여 왔건만 벌써 자신에게도 그런 날이 이렇게 다가온 것이다.

'심판의 날이라……'

그러나 이진사는 두려운 마음보다 궁금한 마음이 더 드는 것이었
다. 심판의 결과가 어떻게 나온다 하더라도 이미 그 결과를 받아들

이려는 마음은 확고하였다.

　'이곳에 와 있다는 것이 그런 대로 중간 이상의 삶을 살았다는 것에 대한 증거가 아니겠는가.' 하는 생각이 그를 안심하도록 한 것은 절대 아니었다. 그 결과가 자신이 생각하였던 것에 비하여 달리 나온다고 하더라도 결과에 승복하려는 마음을 가지고 있었기 때문이었다.

　'하늘의 뜻에 따르려는 마음은 지금까지도 변함이 없다. 이미 세상을 떠난 지금까지 그러한 생각을 가지고 있으며, 앞으로도 이러한 생각은 변함이 없을 것이다. 절대 하늘을 실망시키는 일은 하지 않으리라.'

　하늘은 하늘의 뜻이 있을 것이다. 하늘의 뜻이 어떻든 간에 하늘의 뜻은 다 쓸 데가 있으므로 있을 것이다. 이제 인간 세상의 일은 모두 끝났으므로 앞으로도 하늘의 뜻을 따르며 살리라.

　'하늘의 뜻'

　너무나 숭고하고 거룩한 말이었다. 감히 하늘의 뜻이라는 말을 이렇게 깊이 생각해 보기는 정말 오랜만인 것 같았다.

　'내가 하늘의 뜻을 이렇게 생각해 보다니……. 하늘에 가까이 왔음을 증명하는 것인가?

수없이 많은 생각들이 머릿속을 스치고 지나갔다. 허나 주변의 정황으로 보아 이러한 많은 생각을 한 시간은 불과 1초도 되지 않은 것 같았다.

앞에는 여전히 흰옷을 입은 사람들이 서 있었으나 그들에게 무슨 말을 하여야 할지 생각이 나지 않았다. 그들을 바라보자 그들은 이진사에게 인사를 하고는 서서히 아래로 내려가고 있었다. 아니 내려가는 것이 아니라 이진사가 다시 올라가고 있었다. 얼마를 더 올라가야 한단 말인가?

여기는 지상에서 올라온 사후의 인간들이 마음이 정리될 동안 머무는 곳이라고 하지 않았는가? 이곳에서 머무는 기간은 정해진 것이 아니며, 마음이 정리되어 하늘에서 필요한 곳에 소용될 정도가 될 때까지 있을 것이라고 하였다. 그런데 다시 올라가고 있는 것이다. 그것도 아까보다는 빨리 올라가는 것 같았다. 그렇게 얼마를 올라가다가 서서히 멈추는 것 같았다.

· 56 ·

아까와는 공기가 달라져 있었다. 약간은 더 신선한 기분이 들었다. 아까가 봄이라면 지금은 초겨울 입새에 드는 것 같았다. 허나 추운 느낌은 아니었으며, 기분이 약간 전환될 정도의 느낌이었다.

이곳은 어떠한 곳인가? 모든 것이 맑고 깨끗하였으나 아무것도 보이는 것이 없었다. 그러나 이곳에서 보이는 곳의 끝이 수만 킬로 정도의 거리 이상임을 알 수는 있었다. 아니 어쩌면 그 이상일 수도 있었다. 아무것도 보이는 것은 없었지만 이진사가 본 어느 거리보다도 멀리 보이고 있음을 느낄 수 있었다.

'이러한 곳도 있었구나…….'

우주는 역시 우주라는 생각이 들었다. 그 넓이가 상상을 초월하는 것이었다. 아마도 이진사가 알고 있는 지식을 총동원하여도 이곳의 느낌을 설명할 수는 없을 것 같았다. 속세에서 나이를 먹을 만큼 먹었으면서도 헛살았단 말인가?

아닐 것이다. 감히 내가 가지고 있는 지식으로 어찌 우주를 설명할 수 있을 것인가? 우주가 그렇게 작은 것이라면 어찌 우주라고 할 수 있을 것인가? 여기에는 내가 모르는 것이 더 많을 것임은 당연한 일이 아니겠는가? 아니 어쩌면 한 가지도 알 수 있을 리 없을 것이다.

지금 마시고 있는 공기도 다르다. 무엇이 다른지 설명을 할 수는 없으나 어딘지 모르게 다르다. 공기의 입자가 훨씬 미세한 것 같았다. 지상의 공기 입자가 모래알 정도의 크기라면 이곳의 공기는 밀가루 정도의 크기보다도 작은 것 같았다. 호흡을 하면 그것이 바로 기운으로 흡수됨을 느낄 수 있었다.

'이러한 세계가 있었구나.'

　이진사는 호흡을 깊이 하여 보았다. 호흡을 깊이 하면 할수록 힘이 솟았다. 아마도 지상에 있을 때 호흡에 신경을 쓰며 살아온 것이 효력을 발휘하는 것 같았다. 그렇지 않았다면 이렇게 신선한 공기를 발가락 끝까지 받아들일 수 있겠는가? 사람으로 있을 때는 느끼지 못하던 기분이었다.

· 57 ·

　기로 이루어진 몸이 환체(換體)되고 있었다. 아직까지 종전의 몸과 같은 기운으로 구성되어 있었으나 지금 호흡으로 변화하면서 점점 생생한 세포 조직으로 변하는 것 같았다.

　젊은 시절, 아주 엄청난 힘을 낼 수 있었을 때의 상태로 돌아가고 있는 것 같았다. 이러한 느낌이 드는 것은 전에 없던 일이었다. 인간으로 있을 때는 젊었을 때 아무리 힘이 좋아도 이렇게 몸의 상태가 완벽하게 작동된 적은 없었다.

　팔을 한번 움직여 보았다. 태산이라도 들 수 있을 것 같은 기분이 들었다. 아마도 실제로 태산을 들어올린다면 들 수 있을 것이었다. 우주란 이러한 곳인가? 이러한 것이 선택적으로 내려지는 혜택인가? 그렇다면 아까 본 그들은 이곳에 상주하는 기인(氣人)들일 텐데 얼마만한 힘을 가지고 있을 것인가?

상상이 되지 않았다. 그들의 힘이라면 우주의 어느 한 부분을 들어 옮길 수 있는 힘이 있는 것은 아닐까? 무서운 곳이라는 생각이 들었다. 모든 것이 기로 형성되고, 기로 움직이며, 기로 식별되는 곳이었다.

'기(氣)라……'

기에 대하여 이렇게 실감하여 보기는 처음이었다. 기라는 것이 이렇게 모든 것을 좌우하고 모든 것을 판단하는 세계, 이러한 세계가 있음은 진작 알고 있었다. 하지만 이러한 정도까지 완벽하게 되어 있을 것이라고는 생각해 보지 않았던 부분이었다.

마음속으로는 생각해 본 적이 있었으나 실제로 이렇게 구성되고 이렇게 움직이는 것을 느껴 보는 것은 처음이었다.

'기……'

모든 것이 이렇게 형성되어 있다니. 팔을 한번 뻗어 보았다. 팔이 움직여지는 것이 느껴졌다. 팔을 뻗어 앞으로 내밀어 보았다. 가벼웠다. 팔의 무게가 느껴지지 않았다. 하지만 팔의 힘으로 무엇이라도 들 수 있을 것 같은 느낌이었다. 앞에 보이는 것이 아무것도 없어 들 수는 없었지만 아무튼 무엇이든 들 수 있을 것 같았다.

도대체 우주의 기능에 대하여 감이 잡히지 않았다. 무엇을 어떻게 하는 것이 우주의 기능인가? 목표는 진화라고 들었다. 그렇다면 진화를 위하여 기운을 어떻게 사용하는 것인가?

'기운의 사용이라……'

기운을 어떻게 사용하여 무엇을 어떻게 바꾸어야 할 것인가? 앞으로 해야 할 일이 있을 것이다. 이 해야 할 일을 어떻게 만들어 나갈 것인가? 허나 아직은 걱정할 일이 아닌 것 같았다. 아직 우주의 구성원이 된 것도 아니다. 그런데 어찌 될 것을 알지도 못한 상태에서 무슨 걱정을 한단 말인가? 너무 성급하다는 생각이 들었다.

'틀림없이 무슨 일인가가 있을 것이다. 그것이 무슨 일이든 결단코 이루고 말리라. 우주에서도 나의 사명이 있을 것이다. 이 우주에서의 사명을 이루고 나서야 비로소 우주인, 즉 우주의 구성원으로 인정받을 수 있을 것이다.

인간으로서의 삶을 마감하고 이제 또 다른 세계에서 새로운 삶을 시작하는 것이다. 모든 것이 새로울 것이다. 이 새로운 세계에서 나의 자취를 보람있게 남기는 것이다. 하늘이 어떠한 역할을 맡길지 모르지만 그 어떠한 역할에도 충실하며 지내야 할 것이다.'

이진사는 가볍게 흥분되고 있는 자신을 느꼈다.

'새로운 일'

이 새로운 일이 앞에 있는 것이다. 어떠한 새로운 일이든 무관할
것이다. 다만 주어지는 일에 충실하는 것이 또한 나의 역할 아니겠
는가?

누하단에 이르다

• 58 •

앞이 밝아져 왔다. 일부가 밝아져 오는 것이 아니고, 전체가 밝아오는 것이었다. 뒤를 돌아다보니 뒤는 아직 조금 전의 밝기를 그대로 유지하고 있었다. 앞면이 점점 더 밝아져 왔다. 그 안에 무엇이 있을 것인지 알 수 없는 채 바라보고 있었다.

밝기가 더하여짐에 따라 태양보다 밝은 정도가 되어 하얗게 되었으나 눈으로 바라봄에는 무리가 없었다. 그 밝음 속에서 무엇인가가 움직이는 것 같았다. 마치 태양 속에서 무엇인가가 나오는 것 같았다. 잘 보이지는 않았으나 틀림없이 무엇인가가 있었다.

아주 작아 보였으나 움직이는 것으로 보아 사람의 형상을 하고 있는 것 같았다. 혼자가 아닌 서너 명이 움직이고 있는 것 같았다. 사람들이었다. 점점 다가오는 것으로 보였다. 아주 밝은 빛 속에서 사람들이 점점 다가오고 있었다. 그러나 두려움은 없었다.

'나는 이제 죽은 몸이다. 무엇이 두려울 것인가?'

허나 가만히 생각해 보니 명(命)이란 계속 이어지는 것이었다. 몸이 죽었다고 죽은 것이 아닌 것이다. 나의 존재는 계속되는 것이다. 그렇다면 현재의 상황 역시 상대방이 마음먹기에 따라서는 나는 영원히 사라질 수도 있는 것인가?

'저들이 어떠한 행동을 할 것인지 알 수 없다. 나의 힘이 이렇듯 펄펄할 때야 저들의 힘은 더할 나위 없이 강할 것 아닌가? 나의 힘이 강해진 것 같으나 사실을 시험해 볼 수도 없다. 그렇다면 나의 힘이란 역시 우주 앞에서는 보잘것없는 것 아니겠는가?'

어쨌든 그들이 하는 대로 맡길 수밖에 없다. 전에 언젠가는 이곳을 거쳐갔을 터인데 어찌 이렇게 낯선 곳에 와 있는 것 같은 느낌이 드는 것일까? 아무리 기억을 더듬어 보아도 도저히 이러한 경험을 한 적이 없었다.

'그렇다면 지금 처음으로 이러한 경험을 하는 것인가? 나의 전생이 있음을 알고 있다. 그러나 전생이 전혀 생각나지 않는 것과 같은 이치로 모든 것이 생각나지 않는 것일까?

머릿속이 복잡해져 왔다. 이곳은 무엇이든 잊게 만드는 곳일까? 잊고 나서 언젠가는 다시 생각날 수 있는 것일까? 지금은 잊었지만 다시 생각나는 단계가 있을 것 같았다. 아니 종전의 기억을 찾을 수 있는 방법이 있을 것 같았다. 문득 앞을 보니 약 50여 보 앞에 사람들이 와 있었다.

'내가 지금 이러한 생각을 하고 있을 때인가? 저분들을 맞이하여야 할 것 아닌가?'

머릿속으로 한참을 생각하고 있었어도 실제의 시간은 얼마 되지 않은 아주 짧은 순간이었다. 이곳의 시간은 정말로 측정한다는 것이 불가능한 것 같았다. 한참 지나간 것 같아도 아주 짧은 시간이었다. 언젠가는 아주 긴 시간인 것 같아도 아주 짧은 시간인 경우도 있을 것 같았다.

'그나저나 저분들은 도대체 누구일까? 아까 만난 분들은 나와 대화가 가능한 분도 있었고 불가능한 사람들도 있었다. 지금 오고 있는 저분들은 또 어떠한 분들일까? 나를 향해 오는 것을 보면 나에게 오는 분들이 아닐까? 누굴까?'

다가오던 분들이 저만치에 서서 무슨 이야기를 하고 있었다. 아무런 말도 들리지는 않았으나 행동으로 보아서는 무슨 의논을 하고 있는 것이 틀림없는 것 같았다.

'무슨 의논을 하는 것일까?'

아무런 소리가 들리지 않는 것으로 보아 이진사가 들을 수 없는 파장을 사용하고 있음이 분명하였다.

'우주라는 것이 이렇게 넓고 깊은 것이구나. 이제 우주의 입새에 왔음에도 듣지 못하는 파장이 있었구나.'

새삼 우주의 넓고 깊음에 대하여 확인이 되는 것이었다. 그렇다면 나의 파장은 어떻기에 이 상황에 처해서도 듣지 못하고 보지 못하는 처지가 된 것일까? 아마도 나의 앞에 많은 것들이 있을 것이다. 이곳은 분명 지구가 아닌 것 같은데 여기가 어딘지도 모른 채 이렇게 황당한 형편에 처한 것일까? 모든 것은 단계가 되어야 보이고 들리는 것인가?

영계(靈界)라고 해서 누구나 듣고 보는 것은 아님을 실감하고 있었다. 이러한 경우를 당하지 않으려면 인간으로 있을 때 많은 노력을 하여 어떠한 파장이든지 듣고 볼 수 있도록 하였어야 하는 것 아닌가 하는 생각이 들었다. 일종의 후회였으나 이미 부질없는 짓이었다.

'이제 와서 무엇을 어찌 할 것인가? 모든 것은 지나가 버린 것이다. 지금부터라도 노력을 하는 수밖에 없지 않겠는가?'

노력을 한다고 될 수 있는 것인가에 대해서도 자신이 없었다. 하지만 저들이 나에게 무슨 말인가를 한다면 그것에서 실마리를 풀어 볼 수밖에 없었다. 일단은 그들의 목소리, 즉 파장을 듣는 것에서 시작하여야 할 것이다.

아직은 그들의 파장이 들리지 않지만 저들이 나와 대화를 하기 위해 온 것이라면 무슨 말이든 할 것이었다. 일단 대화가 가능하다면 그 다음에 어떠한 행동을 하여야 할 것인지에 대하여 알 수 있을 것 아니겠는가?

기다려 보자. 저들이 저렇게 대화를 하고 있는 것이 보인다는 것은 어쩌면 대화가 통할 수 있음을 말해 주고 있는 것 아니겠는가?

· 59 ·

이러저러한 생각을 하고 있던 중 다섯 명의 선인들이 대화를 마무리하는 것 같았다. 이야기를 끝냈다면 무슨 행동이 있을 것 아닌가? 저들이 대충 나에 대하여 토론한 것이라면 무슨 말이든 있을 것이다.

　다섯 명의 선인 중 한 선인이 이진사 쪽으로 다가오고 있었다. 가까이 다가오는 것을 보자 후광이 눈부시게 머리 뒤를 감싸고 있었다. 어디선가 본 듯한 얼굴이었다.

　'누구일까?'

　하지만 누구인가에 대하여는 생각이 나질 않았다. 날 것 같으면서도 생각이 나질 않았다. 분명 처음 보는 얼굴은 아니었다. 상당히 낯익은 얼굴이면서도 생각이 나질 않는 것이었다. 이미 인간의 몸을 벗었으므로 기억하고 있는 것은 생각이 나야 함에도 기억을 되살리지 못하는 어떠한 장치가 되어 있는 것 같았다. 무엇인가가 기억을 차단하고 현재의 상태로 있도록 하고 있었다.

　"너무 애쓰지 말게."

　"예?"

　"기억을 살리려 너무 애쓰지 말게."

　"아-, 예."

"자네는 지금 아무것도 무리를 해서는 안 되네."

"네?"

"지금 자네의 상태는 갓 태어난 아기와 같네. 자네는 지금 성인이라고 생각하고 있겠지만 그런 것이 아니네. 자네는 인간으로 있을 때는 성인이었으나 지금은 어린아이와 같은 상태이네. 허니 너무 무리하지 말게.

내가 자네에게 말하는 것이 궁금하겠지만 아까는 우리들의 방법으로 대화를 한 것이므로 들리지 않았고, 지금은 나의 파장으로 이야기하고 있는 것이므로 들리는 것일세. 모든 것은 시간이 흘러야 가능한 것이며, 이 상태에서 자네는 바로 다시 인간으로 태어날 것인지 아니면 선계에서 어떠한 역할을 받을 것인가가 결정되네."

'다시 인간으로 태어나다니? 내가 지금 인간으로 있다가 향천한 지 얼마 되었다고 다시 인간이 된단 말인가?'

물론 좋은 점도 있었다. 이러한 경험을 하고 다시 인간으로 돌아간다면 앞으로는 열심히 우주의 파장을 읽고 공부하여 모든 인간에게 하늘의 뜻을 전할 수 있을 것 같기도 하였다.

“인간으로 돌아간다면 여기에서 있었던 모든 일은 잊을 것이
네.”

이진사는 놀랐다. 자신이 생각하고 있는 것을 모두 읽고 있는 것
아닌가?

“여기서는 생각하는 것이 모두 상대방에게 전해지게 되어 있
네. 즉 생각하는 것이 곧 대화라고 할 수 있지. 그래서 생각을
올바로 하여야 하네.

자네가 여기에 온 것은 인간으로 있을 때 하늘의 뜻을 잘 따
랐기 때문이네. 이곳은 천상부의 하단으로서 인간으로 있을 때
공덕을 쌓지 않으면 절대로 올 수 없는 곳이네. 자네는 인간으
로 있으면서 충분히 그러한 노력을 한 것이 하늘에 인정을 받게
되었으므로 이렇게 여기에 온 것이네.

이곳은 ‘누하단(樓下端)’이라고 하지. 천상의 모든 누각의 하
단이라는 뜻이네. 이곳에서 자네를 비롯한 모든 인간의 영들이
등급을 결정 받고 자신이 일해야 할 곳으로 보내지는 것이네.
자네는 하늘의 뜻이 무엇인가 알고 있으므로 더 이상 인간의 몸
으로 공부를 할 것은 아닐 것으로 생각하네만 단정지을 수는
없네.

이러한 이야기를 해 주는 것은 자네 정도 되니까 가능한 일이
네. 격이 낮은 다른 사람들에게는 이러한 이야기를 해 주는 것

조차도 금기일세."

　'그랬었구나. 이곳이 누하단이라니.'

　아직 들어 보지 못한 곳이었다. 지상의 어떠한 기록에도 그러한
이름이 없었던 것이다. 가만히 살펴보니 끝없이 넓은 광장이었다.
　그러고 보니 앞의 밝은 빛이 비추어지고 있는 곳의 위로 구름이
떠 있었고, 그 위로 누각이 보이고 있었다. 잘 짐작이 되지 않지만
아마도 지상의 척도로 비교해 본다면 이진사가 위치한 곳으로부터
위쪽으로 약 500미터 정도 공간이 있고, 그 위로 높이가 1킬로미터
정도는 되어 보이는 누각이 솟아 있었다.

　'천웅각(天雄閣)'

　기운으로 만들어진 누각이었다. 하지만 고체보다도 더 단단하게
느껴졌다.

· 60 ·

　전에는 보이지 않던 것이 보이는 것을 어떻게 설명해야 할지 몰
랐다. 아까도 지금 이 자리였으며, 지금도 지금 이 자리에 있다. 위
치가 옮겨지는 것은 감각적으로 알 수 있었다. 대화를 하고 있다고

해서 위치가 변하는 것을 모를 정도로 감각이 무딘 것은 아니었다.
그러나 앞에 방금 전까지 보이지 않던 것들이 보이고 있는 것이다.
안개가 걷히듯 전에는 안 보이던 것들이 보이고 있는 것이다.

'눈이 열리는 것인가?'

이진사는 속으로 생각했다.

"그러하네. 자네의 눈은 이제 이곳에서 사용할 수 있는 눈이
되는 것이네."

'아뿔싸, 생각하는 것이 대화하는 것이라고 하지 않았던가? 바로
물어보는 것이 나을 것이다. 상대방에 대한 예의가 아닌 것이다.'

"눈이 열리는 것도 단계가 있는지요?"

"자네가 지상에서 수련할 때 보이는 것도 단계가 있지 않던
가? 그것과 같은 것이네. 이곳에서는 일정 단계에 있지 않으면
절대로 보이지 않도록 되어 있네. 그 일정 단계는 기(氣)적인 단
계를 말해 주는 것일세.
아까 자네는 이곳으로 오면서 아무것도 보지 못하였을 것이네
만 우리들은 자네가 오는 것을 모두 보고 있었지. 이곳에서는

자신이 인솔하여야 할 사람이 오는 것을 미리 보고 있네. 그래서 자신이 인솔하여야 할 사람을 지켜보고 있는 것이네. 자네는 우리가 벌써부터 지켜보고 있었지."

"상당히 많은 수의 분들이 오실 텐데 전부 지켜보고 계시는지요?"

"전부 지켜볼 필요는 없네. 대부분 스스로 갈 곳으로 가게 되어 있지. 우주의 장점은 대부분의 것이 스스로 움직이고 있다는 것이네. 따라서 불필요한 움직임을 최대한 자제하도록 되어 있지."

"그랬군요. 제가 선생님을 무엇이라고 불러야 할는지요?"

"특별히 무엇이라고 부를 필요 없네. 이곳에서는 상대방을 생각만 하면 그 사람에게 전해지도록 되어 있네."

"저는 앞으로 어찌 될는지요?"

"이곳에 온 지 며칠이나 되었다고 벌써 그것이 궁금한가?"

"예."

"아직은 이르네. 자네에 대하여 의논을 하였네만 아직 결정을 내리기에는 이르다고 생각하고들 계시네."

"아, 예-."

"당분간은 이곳 누하단에서 지내게 될 것이네. 기로 이루어진 세상이므로 잘 곳이 따로 있고 먹는 것이 따로 있는 것이 아닐 세. 인간으로 있을 때의 버릇을 고치는데 조금 시간이 걸릴 걸 세. 아무쪼록 빨리 속세의 습(習)을 버릴 수 있도록 하게."

"예."

"이곳의 생활은 그리 성급히 생각지 말게."

"성급하게 생각하는 것은 아니오나 어떻게 될 것인가가 궁금하옵 니다."

"그러니까 그것을 성급히 생각지 말라는 것이네."

모든 것이 될 때가 되어야만 되는 것이 이곳의 법칙인 것을 모르 는 것은 아니었으나 인간으로 있을 때의 습성이 남아서 모든 것이 궁금하게 느껴지는 것이었다.

"조금 더 있으면 궁금하지 않게 될 것이네. 될 때가 되면 되는 것이 이곳의 법칙이네."

"네."

모든 것이 때가 되면 되는 곳. 나의 삶의 결과에 대하여 평가를 받는 마당에 있어 나의 궁금함은 이곳에서 수용되는 것이 아닐 것이다. 내가 아쉬워한다고 해서 되는 것이 아니라 이곳에서 소용될 때가 되면 저절로 되는 것이 법칙이라면 내가 성급해한들 무슨 소용이 있을 것인가!
우주란 내가 궁금해하지 않아도 될 때가 되면 되는 것이란 것을 모르는 것은 아니다. 허나 미리 알면 대비를 할 수가 있을 것이었다. 인간 세상의 일이라면 미리 알고 사전에 대비를 하여 놓는 것은 상당히 중요한 의미가 있었다.

'그러나 이곳에서는 이것이 중요하지 않단 말인가? 아니면 나의 신분이 아직 그러한 것을 문의할 정도가 되지 않아서일까?'

"모두이네. 모든 것이 때가 되면 될 것이려니와 자네가 아직 그러한 문제에 대하여 신경을 쓰는 것 자체가 불필요한 것이므로 그렇게 되는 것이네. 이곳이 인간 세상과 다른 것이 그것이지. 자네도 이곳의 식구가 되면 저절로 알게 되네."

모든 것은 체감(體感)하도록 되어 있었다. 하루하루라는 개념이 없이 연이어지는 시간처럼 느껴졌으며, 이러한 시간들이 쌓여서 이곳 우주의 시간이 되어 가는 것이었다.

"인간 세상의 습으로 본다면 궁금한 것이 많을 것이나 이곳의 습으로 보면 당연한 것이니 너무 궁금해하지 말게. 모든 것은 때가 오면 밝혀지는 것이니 자네가 그렇게 생각지 않아도 될 것은 되고 안 될 것은 안 되는 것이네."

인간으로 있을 때와는 모든 것이 다른 것 같았다. 이진사는 인간으로 있을 때의 모든 기준을 버려야 할 때가 왔음을 느꼈다. 이곳에서는 모든 가치와 기준이 다른 것이다. 그렇다면 나를 중심으로 생각하는 것에서 벗어나 우주의 기준으로 생각하여야 할 것이었다. 하지만 아직 우주의 기준에 대하여 알고 있는 것이 없지 않은가?
모든 것을 새로이 배워야 할 것이다. 새로이 배워야 할 것이라면 지금까지 알고 있던 지상의 모든 것을 버리고 이곳의 것으로 채워야 할 것이다.

'버리자!'

"그러하네. 이곳에서는 모두 새로운 것으로 채워 넣어야 하는 것이네."

“알겠습니다.”

대화가 따로 없었다. 생각하는 것이 바로 대화였으며, 이것이 곧 바로 전달되어 상대방이 알아 버리는 것이었다.

이진사는 모두 버리기로 생각을 달리하였다. 생각을 달리하는 것 조차 이곳에서는 모두 감지되는 것이었다. 나중에는 다른 사람의 생각 역시 그렇게 감지된다는 것을 알았으나 당시에는 인간의 습성 이 몸에 배어 있어 모르고 있었던 것이었다.

“자, 모두 버리고 가벼워질 때까지 있게. 그리고 난 후 다시 이야기함세.”

“알았습니다.”

· 61 ·

그 정도의 대화를 한 후 그들은 갔다. 몇 발자국을 뒷걸음하는 것 처럼 보였는데 다시 햇볕 속으로 들어가 버리고 만 것이었다. 그리 고 나서 시간이 계속 흘렀다. 아마도 며칠이 지난 것 같았다.

이곳에서의 며칠은 해가 뜨고 지는 것이 아니므로 정확히는 알 수 없었다. 다만 훤한 가운데 시간만 흘러가고 있었다. 자신이 느끼 고 있는 것이 정확히 시간이 흘러가는 것인가에 대하여도 알 수 없었다. 어쩌면 천천히 흘러가는 것도 같았다.

누하단에서 며칠 정도로 느껴지는 시간을 보내면서 이러한 시간이 지상에서는 어떠한 형태로 바뀌고 있을 것인가에 대하여 생각해 보았으나 짐작을 할 수 없었다. 이미 지상에서는 수없이 많은 세월이 흘렀을 수도 있고, 아니면 촌각이 흘렀을 수도 있었다.

이러한 세월의 흐름은 속세의 일이 진행되는 과정을 본다면 쉽게 알 수도 있을 것이나 그것을 확인할 수 없는 처지에서는 무엇이라 말할 수 없는 것이었다. 다만 자신의 마음에 궁금하게 남아 있던 모든 것들을 점점 비워 가고 있는 것만은 틀림없었다.

이러한 것은 점점 아득히 높아 보이던 천웅각이 서서히 가까워지는 것만으로도 알 수 있었다. 마음이 비워지는 것만큼 나의 무게가 가벼워지면서 서서히 하늘로 올라가고 있는 것 같았다. 아직도 까마득히 높게 보이고 있는 천웅각이었지만 그래도 느낌상으로 한결 낮아진 것처럼 보이고 있었다.

이러한 기분이 느낌만은 아닌 것 같았다. 천웅각의 글씨가 선명하게 보이고 있는 것이었다. 글씨 한 자의 크기는 가로 20자, 세로 20자 정도인 것 같았다. 눈이 좋아진 것은 아닌데 기안(氣眼)이므로 이 정도의 크기가 보이고 있는 것이었다. 자세히 보려 하자 '천웅각' 이라는 글씨를 조각할 때 약간의 요철이 생긴 것까지도 보이는 것이었다.

아마도 지상의 거리라면 거의 보이지 않을 것 같은 작은 크기였으나 선계이므로 보이는 것 같았다. 이 정도의 시력이라면 인간으

로서는 아마도 최상의 시력이라고 할 수 있을 것 같았다. 선계란 무
서운 곳이라는 생각이 들었다.

　'내가 이 정도의 시력을 가질 때에야 선인들의 시력은 실로 무서
울 정도의 정밀도를 가지고 있을 것 아니겠는가? 아마도 저 멀리
별에서 일어나는 모든 것까지도 바로 앞에서 일어난 일을 보는 것
처럼 볼 수 있으리라. 선계란 것이 바로 이러한 것이구나. 그러나
나의 역할은 무엇일까?'

　이러한 생각마저도 버리라는 것이 아까 만난 선인들이 이진사에
게 한 말이었다.

· 62 ·

　다시 몸이 무거워졌다. 모두 버리라고 하였음에도 미련을 가진
것이 감지된 것 같았다. 이곳의 모든 것은 자동으로 이루어지고 있
었다. 모든 것이 누가 지시하거나 작동하기 전에 스스로 알아서 움
직이고 있었다. 완전 자동이었다.
　아직 인간의 마음을 가지고 있어 선계의 인간이 되기에는 부족함
이 있는 이진사의 경우 예전의 모든 것을 덜어 낼 수 있을 만큼 마
음이 가벼워진 것이 아니므로 이러한 것들이 전부 감지되고 그것이
이진사의 행동에 낱낱이 반영되는 것이었다.

　　그러나 이진사의 경우 이미 많은 부분을 비우고 왔으므로 그래도 상당 부분이 참작되어 이 정도에 그치는 것이리라. 한편으로는 다행이었다. 지상에서 모든 것을 비우는 연습을 하지 않았더라면 자신은 아마도 이곳으로 오기 전에 만났던 검정옷을 입은 사람들과 동행하였을지도 모른다는 생각이 들었다. 그 사람들과 동행한다고 해서 무엇이 다른 것인지는 모르겠으나 아마도 현재의 위치까지 올라오기 위해서는 상당한 시간이 더 걸릴 것은 분명한 것 같았다.

　　마음을 비운다는 것이 어디 쉬운 일인가? 더욱이 지상에서는 모든 것이 한정되어 있다. 이곳이라고 한정되지 않는 것은 아닐 것이나 지상의 경우 그것이 너무나 분명하였으므로 자신이 원하는 모든 것을 이루고 올 수는 없는 것이며, 아주 부분적으로 성취할 수 있을 것이었다.

　　그것은 타인의 시각으로 볼 때 상당히 자신의 목표를 성취하였다고 보여지는 인간들의 경우에도 임종 직전까지 추태를 보이고 있는 것을 보아서도 알 수 있었다. 임종에 와서도 추태를 보이지 않는다는 것은 감정을 가진 인간으로서 너무나 어려운 일임을 알고 있던 이진사는 마음을 비우기 위하여 상당한 노력을 하였으나 그럼에도 불구하고 이곳에 와서 보니 아직 많은 부분이 남아 있는 것이었다.

　　그만큼 비우고 나면 그래도 자신이 원하는 방법으로 이승을 하직할 줄 알았다. 하지만 자신이 원하지 않는 방법으로 이승을 하직하지 아니하였던가? 그것은 무엇인가 오차가 있음을 말해 주는 것이었다.

적어도 그만큼 공부를 하였으면 자신이 원하는 방법으로 이승을
버릴 수 있어야 했다. 자신이 원하는 시간은 아닐지라도 자신이 원
하는 방법으로 떠날 수 있어야 했다. 그러나 자신이 원하는 방법이
아닌 방법으로 평생을 살아왔던 그곳을 떠난 것이다. 하지만 그것
을 어찌하랴! 이미 모든 것은 결정되어 버리고 만 것을…….

어쨌든 마음을 비워야 한다. 더 이상 무엇을 비워야 할지 감이 잡
히지 않았다. 자신의 마음 구석에 무엇이 남아 있는지 모르기 때문
이었다.

다 비웠다고 생각하였는데 다시 무엇이 뭉게뭉게 일어나고, 그것
이 모여서 마음속에서 풍파를 일으키고 자신을 흔들어 놓았다. 인
간 세상에 있을 때는 그러한 것을 표정관리하면서 덮을 수 있었다.
하지만 선계인지가 분명하지는 않았지만 지금 있는 이곳에서는 전
혀 불가능한 것이었다.

'마음을 바로 먹어야 하리라. 마음을 바로 가져야만 나의 길을 올
바로 갈 수 있을 것이다.'

마음을 바로 먹는 것이 어떠한 결과를 가져올 것인가는 아직 잘
모르겠으되 분명히 좋은 결과가 나올 것이라고 짐작할 수 있었다.

다시 내려가던 이진사의 위치가 서서히 올라가고 있었다. 마음을
먹기에 따라 내려가기도 하고 올라가기도 하였다. 모든 것이 저절

로 이루어지고 있었다. 자신이 마음먹은 바에 대하여 이렇게 정확
히 평가가 이루어지고 있다는 것에 대하여 경이로운 마음으로 지켜
보며, 마음을 바로 먹어야 할 것임을 새삼 느끼고 있었다.

'마음을 비워야 하리라.'

마음을 비우고 나면 한결 천웅각에 가까워질 수 있을 것이었다.
그렇게 되어야만이 저 안으로 들어갈 수 있을 것 아니겠는가? 마음
을 비운 결과가 정확히 반영되고 그것에 의해 자신의 마음의 무게
가 평가되는 곳.
가만히 보니까 많은 사람들이 이곳저곳에 있었다. 그들 역시 마
음을 비우기 위하여 많은 노력을 하고 있는 중이었다. 개중에는 스
님의 복장을 한 사람도 있었고 평복을 한 사람도 있었다. 평복이지
만 위치가 높은 사람도 있었고, 스님의 복장을 하였으나 낮은 사람
도 있었다.
저 아래에도 다수의 사람들이 자신의 마음상태를 알려 주는 위치
에서 떠 있었다. 하지만 떠 있는 상태임에도 자신들이 지상의 땅 위
에 서 있는 것과 같은 느낌으로 받아들이고 있는 것 같았다.
어쨌든 경이롭고 상상키 어려운 세계였다. 명(命)의 세계가 이러
한 구조로 이루어져 있음에 대하여 이진사는 들어 본 적이 없었다.
인간이 사후에 자신의 공과에 따라 심판을 받고, 그 결과에 따라 지
옥과 천당으로 간다는 것, 불교에서는 극락과 지옥으로 간다는 것

에 대하여는 들은 바가 있으나 그 이상에 대하여는 죽는 날까지도 깊이 생각해 본 적이 없었다.

어찌 이 문제에 대하여 생각이 없었던 것일까? 이것은 한정된 명을 가진 인간으로서 상당히 중요한 문제임에도 이러한 부분에 대하여 어찌해서 확인해 볼 생각조차 하지 않고 있었던 것일까?

인간의 능력으로는 불가능하므로 포기하고 있었던 것일까? 지금 와서 보니 어쩌면 가능할 수도 있었던 일인 것 같았다. 그러나 그것은 이미 소용없는 일이었다. 지금 그것을 안들 어찌할 것이며, 알아서 무엇을 하겠다는 것인가? 인간의 무리에 끼었던 것은 인간의 무리에 끼어서 인간을 통하여 배우고, 인간에게 돌려주며, 인간과 더불어 무엇인가를 하여 보라는 하늘의 뜻이 아니었던가?

갑자기 속세에 남겨 놓고 온 가족들이 생각났다. 무엇들을 하고 있을까? 모두들 열심히 자신의 일을 하고 있을 것이었다.

자신의 일. 이진사가 생각하고 있는 부분은 남겨 놓고 온 자손들이 얼마나 자신의 일을 잘 하고 있을 것인가에 대한 부분이었다.

하지만 이러한 근심 걱정조차 오히려 방해가 됨을 인식하고 모두 버리기로 하였다. 공중을 오르락내리락하던 이진사의 영체는 점차 공중으로 솟아오르기 시작하였다. 마음이 비워졌다는 증거였다.

밀리아나 선인의 운명

·63·

　마음이 비워짐으로 인하여 가벼워진 이진사가 천웅각에 다다른 것은 아마도 지상의 시간으로 하면 1개월 이상은 족히 흘렀을 것처럼 느껴지는 즈음이었다. 하지만 정확한 시간은 알 수 없었다.

　천웅각의 입새는 의외로 좁았다. 한 사람이 지나갈 수 있을 만큼의 문이 있었으며, 문 양쪽으로 일전에 만났던 사람들이 서 있었다. 바닥은 대리석과 같은 돌로 깔려 있었으며 옆은 나무로 되어 있는 것 같았다. 천장은 높아서 어둡고 잘 보이지 않았으나 언뜻 올려다 보니 나무로 된 서까래가 보이는 것 같았다.

　절에 들어갈 때 사천왕상이 있는 곳이 연상되었으나 입구가 너무

줍아 한 사람만이 지나갈 수 있다는 점이 달랐다. 저러한 재질로 어떻게 저렇게 큰 건물을 받치고 있을 수 있을 것인가에 대한 의문을 품으며 다가가자 일전에 만났던 백의인(白衣人)들이 이진사를 맞이하였다.

"수고하시었소. 장도(長途)에 힘이 많이 드셨으리라 생각하오."

"아닙니다. 잘 인도해 주신 덕분에 편안히 올 수 있었사옵니다."

"이제 천응각에 드셨으니 지금까지의 고생은 모두 잊으시기 바랍니다. 이곳에서는 모든 것이 하늘의 뜻에 의해 이루어지게 됩니다."

"그렇지 않아도 하느님의 뜻을 따르려고 이곳에 온 것이 아닌가 합니다."

"하느님은 따로 계시는 것이 아니옵니다. 이곳에서는 모두가 하느님인 것이며, 이제 진사께서도 하느님의 일부를 구성하게 되는 것이옵니다. 지상에서 공부 중인 수많은 인류 역시 하늘의 일부이며, 한낱 미물까지도 하늘의 일부인 것입니다. 앞으로는 하늘의 일부로서 행동하시기 바랍니다. 자―, 드시지요."

“네.”

이들이 앞에서 안내하고 이진사가 뒤에 따랐다. 별로 밝지 않은 좁은 통로를 한참 지나가자 앞이 다시 밝아지며 넓은 정원 같은 곳으로 나왔다. 이곳을 지나 맞은 편에는 작은 방들이 주욱 이어져 있었다. 한 백의인이 그 중의 한 방을 가리키며 안내를 하였다.

“이곳으로 드시지요.”

“예.”

안으로 들자 의외로 좁은 공간이었다. 마치 한 사람이 기거할 정도의 좁은 공간이었으며, 이 공간 외에 아무것도 없었다. 누우면 발이 닿을 것 같은 정도의 넓이였으며, 바닥에는 자리가 깔려 있는 것이 전부였다.

‘그 큰 천웅각이 이렇게 좁은 방으로 구성되어 있다니……’

· 64 ·

앞에 있던 백의인이 나가자 노인이 한 분 들어오셨다. 깨끗이 늙은 티가 나는 노인이었다. 기운이 아주 맑고 힘찼다. 기력으로 보아 수백만 년 정도의 연륜을 지녔음을 알 수 있었다. 선계에 오고 나니 이러한 것들이 바로 바로 느껴졌으나 어찌된 것인지는 알 수 없었다. 아무런 소리가 없이 들어온 노인은 이진사에게 말했다.

"이곳이 당신이 하늘로서 다스릴 수 있는 공간이오. 즉 당신이 당신의 힘으로 도움을 주어야 할 부분들이 바로 이 공간 안에 있소. 마음을 편히 하고 이곳에서 자신의 마음을 어떻게 움직여야 할 것인가를 터득하기 바라오."

"알겠습니다."

"우주는 각자의 것이오. 이곳은 모두가 주인이며, 모두가 내 일인 것이오. 자, 이제 당신의 공간이 펼쳐져 있으니 이곳에서 당신의 뜻을 마음대로 펴기 바라오."

"알겠습니다."

"좁은 것같이 느껴질 것이오. 허나 우주란 원래 좁고도 넓은 것이오."

"알겠습니다."

가만히 문이 닫히며 모든 것이 보이기 시작하였다. 이진사를 막는 것은 아무것도 없었다. 아무런 장애가 없이 사방이 환히 보이고 있었다. 노인은 사라지고 보이지 않았다.

별들이 보였다. 아직까지 보이지 않던 별들이었다. 개중에는 보름달보다 훨씬 더 큰 별도 있었다. 그러한 별들이 서너 개 보였다. 그보다 작은 별들이 무슨 일을 하고 있는지 알 수는 없었으나 전부 자신의 역할이 있음이 느껴졌다.

지금까지는 모르고 있던 부분들이었다. 별들이 자신의 역할이 있다니. 그리고 이 많은 별들이 이 방안에서 보이고 있는 것은 내가 다스려야 할 공간에 있음을 말해 주는 것 아닌가? 나의 역할은 이 별들을 관리하는 것인가?

"무슨 일을 하여야 할 것 같소?"

노인의 음성이 들렸다.

"아직은 모르겠습니다."

"앞으로 서서히 알게 될 것이오. 그동안 천천히 생각하기 바라오."

이진사는 이곳에서 서두르는 것이 별로 도움이 되지 않음을 알고 있었다. 모든 것이 될 때가 되면 되는 것이었다. 이곳에서는 먹는 것이 필요 없었다. 덜어지는 만큼 자동으로 채워지고 있었다.

모든 것이 이렇게 되는 것인가? 그렇지는 않은 것 같았다. 어느 정도 이상 되면 이러한 것이 가능하나 그렇지 않은 경우도 있는 것 같았다. 왠지 그러한 기분이 들면 그러한 것이었다. 판단이 필요 없었다. 모든 것이 자동으로 이루어지고 있었다. 아직은 아니지만 앞으로는 자신의 감각에 확신을 가질 수 있을 것 같았다.

별들이 움직이고 있었다. 한쪽으로 움직이는 것은 아니었다. 지구에 있을 때는 별들이 움직이는 것이 보이지 않았었다. 그런데 여기서는 움직이고 있는 것이다. 그것도 꽤 빠른 속도로 움직이고 있었다.

작은 별들이 움직이는 속도와 큰 별들이 움직이고 있는 속도가 각기 달랐으나 별의 크기와 비례하여 속도가 붙는 것은 아니었다. 아주 멀리에 있는 작은 별을 가만히 보고 있자 상당히 빠른 속도로 움직이고 있었다. 눈으로 따라가기에 어지러울 정도는 아니었으나 상당한 속도를 내며 다른 별을 향하여 가고 있었다.

"새로운 인연이 탄생하려나 보오."

보이지 않는 가운데 선인의 말씀이 들렸다. 아마도 누군가가 태어나기 위한 것이 아닌가 생각되었다.

"자신의 자리를 찾아가는 것 같소."

그런 것 같았다. 작은 별은 엄청난 속도로 더 멀리 있는 큰 별을 향하여 자취를 감추었다. 그러자 작은 별을 받아들인 큰 별이 잠시 빛을 내다가 어두워지더니 다시 서서히 밝아졌다. 그 별에서 아침이 밝아오고 있는 것 같았다. 아마도 거리를 잴 수 없이 먼 거리에 있는 별이었으나 지금은 아주 가까이에 있는 것처럼 보였다. 신기한 일이었다. 이러한 과정을 알게 되는 것은 선인이 됨에 어떠한 도움이 되는 것일까 궁금해졌다.

"아주 많은 도움이 되오. 우주가 태어나고 자라며 변화해 나가는 과정을 지켜보고 있는 것이오."

그런 것 같았다. 우주가 생성되어 성장해 나가는 과정을 보고 있는 것이었다. 어쩌면 저 큰 별이 지구인지도 몰랐다. 그리고 태어나는 새로운 생명은 누군가 선인이 새로운 수련을 위하여 지구에서 새로운 생명을 받아서 태어나는 것인지도 몰랐다.

"맞소. 밀리아나 선인이 방금 내려간 것이오."

'밀리아나 선인?'

"그녀는 지상에서 수녀의 길을 걷게 될 것이오. 불쌍하고 가
난한 중생들을 살펴보고자 내려간 것이오."

'그렇구나.'

지상에서 훌륭한 일들을 하고 있는 사람들이 선인일지도 모른다
는 것에 대한 의문이 풀리는 것이었다. 수녀가 무엇인지는 잘 모르
지만 불쌍하고 가난한 중생들을 보살펴 준다니 훌륭한 일을 하는
사람임에는 틀림없는 것 같았다.

전생의 인연

· 65 ·

　자세히 살펴보자 그 별 이외에도 많은 변화들이 일어나고 있었
다. 많은 일들을 모두 알기에는 너무나 부족할 것 같았으나 어찌된
일인지 모든 것이 저절로 파악이 되고 내용이 기억되는 것이었다.
아니 이미 기억되어 있는 것이 생각나는 것 같았다.

'선계란 이러한 것이구나.'

이진사는 모든 것이 새롭게 느껴졌다.

'그러면 나는 어떠한 위치에서 일을 하도록 되는 것일까? 선인일까? 나는 본격적인 수련을 하지 않았지 않는가? 선인이란 상당한 정도의 영력(靈力)을 쌓아야 가능한 것이라고 하였다. 그런데 내가 선인이 될 수 있을 것인가?'

"선인이 될 수 있는지 여부는 아직 모르는 것이오."

'그렇다면 나는 무엇을 하기 위하여 이러한 과정을 밟는 것인가?'

"선인이 된다는 것은 쉬운 일이 아니오. 인간으로 있으면서 마음을 상당히 비워야 하며 그럼으로써 자신의 무게를 거의 들 수 없을 만큼 비워야 가능한 것이오. 당신은 수련은 하지 않았으나 마음을 비움에 있어 타의 추종을 불허할 만큼 노력을 많이 하였소. 그것은 수십 년간 수련을 한 사람도 어려운 것이었소. 그러한 것을 당신은 향천하기 전 오랫동안 그것을 집중적으로 해 왔던 것이오."

그랬다. 향천 이전 모든 것에서 자유롭고 나서부터 이진사는 이 세상의 모든 것들이 진정 소중하고 값진 것임을 인정하면서도 모든 것에서 벗어나 훨훨 날 것 같은 세월을 보내고 있었던 것이다.

집착에서 벗어나고부터는 아까울 것도, 미련을 가질 것도, 안타까워해야 할 것도 없었으며 따라서 자신의 길에 대한 걱정마저도 간섭이며, 무질서이고, 남의 일로 느껴지던 것이었다. 때로는 이러한 것이 진정 모든 것을 위하는 것인가에 대한 생각이 들 정도로 얼마 전의 이진사의 모습에서 벗어나 있었던 것이다. 이진사의 경우 하늘의 뜻을 읽고 나서 모든 것에 대한 집착을 놓았고, 이 집착으로부터의 벗어남이 사람을 너무나 변하도록 만들어 놓았던 것이다.

'그렇던가? 그때 마음을 비우기 위하여 노력한 것이 이토록 향천 이후의 진로에 영향을 미치는 것인가?'

이진사는 향천하기 전 자신의 생명에 대한 집착마저도 벗어날 정도의 해탈을 하였던 것이다. 어느 누구도 확실히 다른 이진사를 느낄 정도의 탈바꿈이었다.

당시 이진사의 수준은 스스로 자신이 이승에서 가장 자유로운 사람으로 생각하였으며 이것은 거의 사실이었다. 예전의 이진사가 아니었던 것이다. 마음의 무게가 이 정도라면 수십 년간 닦은 수련으로서도 어려울 정도로 가벼워져 있었던 것이다.

"하지만 수련과의 차이점은 당신은 마음으로 그 길을 걸어왔으므로 근본적인 기(氣) 바뀜이 없었다는 것이오. 호흡이란 자신의 모든 것을 전부 바꿀 수 있는 방법이오. 그것이 없었기에 진(眞)선인이 되기는 어려을 것이라고 생각이 되오."

"그렇다면 왜 호흡이 그렇게 중요한 것인지요?"

"인간은 아니 모든 생물은 호흡을 하도록 되어 있소. 호흡은 만물을 존재하도록 하는 수단이자 목적인 것이오. 이렇게 중요한 호흡을 통하지 않고는 생물은 자신의 모든 것을 바꿀 수 없도록 되어 있소. 당신의 마음은 수련을 많이 한 사람들에 비하여 많이 가벼워져 있었으나 몸이 가볍지 않아 그만큼의 영향을 받을 것이오."

'그렇구나, 수련을 하여야 하는 것이었구나.'

어렸을 때 할아버지가 호흡을 가르쳐 주시기는 하였다. 하지만 그때는 그것이 그렇게 중요하다는 것을 알지 못하였다. 그럴 줄 알았으면 당시부터 열심히 할 것을 게으름을 피웠다는 생각이 들었다.

모든 것은 때가 있는 것이었다. 때란 한번 놓치면 다시 오지 않는 것임은 우주에서도 마찬가지였다. 수련 역시 할 수 있을 때 하여야 하는 것이었다. 할 수 있을 때란 정해진 것은 아니었으며, 각 개인에 따라 인연이 오는 시각이 달랐다.

그 인연을 살릴 수 있으면 선인이 되는 것이요, 인연을 살리지 못하면 선인이 되지 못하고 마는 것이었다. 이진사는 그 인연을 끝까지 살리지 못하여 선인이 되기에 어려운 것 아닌가 하는 생각이 들었다.

인연…….

참으로 중요한 것이었다. 그것이 한 인간의 장구한 미래를 결정짓는 것이었다. 지상에 있을 때에도 알기는 하였으나 그렇게 중요한 것인 줄은 몰랐었다. 이곳에 와서야 인연의 중요성을 실감하는 것이었다.

나는 아직 선인이 아니다. 그럼에도 지금 느끼고 있는 이러한 것들이 가능한데 선인이 되면 어떨 것인가? 아마도 엄청나다고밖에 할 수 없는 능력이 생길 것만 같았다.

절대자!

선인이란 거의 절대자의 힘을 가지고 있는 것 같았다. 그렇지 않고서야 그렇게 모든 것을 속속들이 알 수가 있단 말인가? 도저히 불가능할 것 같은 것들이 이곳에서는 가능한 것이었다. 인간의 생각으로는 감히 불가능한 것들이 가능하게 되는 것이었다. 이러한 세계가 있을 것이라고 생각도 하여 보지 못한 세계가 펼쳐지는 것이었다.

그렇다면 인간들이 모르고 있는 이곳 선계의 실상을 어떻게 전파할 수 있을 것인가? 당장 지상에 살고 있는 후손들이 가장 큰 영광을 입는 길은 수련밖에 없지 않겠는가?

"그러하네, 수련밖에 없네."

"어찌 하여야 하겠는지요?"

"인연법에 의해 결정되는 것이니 너무 조급히 생각지 말게. 모든 것은 다 정해진 이치대로 가는 것이네. 정해진 이치란 우주의 기운이 흘러가는 길이네. 그 길에서 벗어나지 않는다면 가능할 것이나 그 길에서 벗어난다면 방법이 없네."

"인간들에게 알려 줄 수 있는 방법은 없을는지요?"

"그들이 스스로 알아서 해야 할 일이지. 수련에 연결될 수 있는 인연은 그들의 옆에 너무나 많이 깔려 있네. 그 인연의 끝을 볼 수 있으면 되는 것이고, 볼 수 없으면 되지 않는 것이지."

이진사는 자신이 안타까워한다고 될 수 없는 일임을 알았다. 하지만 어떻게든 자신이 이루지 못한 일들을 후손들이 할 수 있도록 하여 주고 싶었다.

"그것은 자네의 마음대로 되는 일이 아닐세. 그들의 인연에 의해 결정되는 것이기 때문일세."

인연이란 참으로 중요한 것이었다.

인연…….

그렇게 중요한 것인 줄 알았다면 일찍이 조부의 말씀이 있었을 때 했어야 할 것을 중요성을 모름으로 인하여 미루고 있다가 이렇게 된 것이었다.

· 66 ·

수련…….

참으로 그 커다란 의미가 다가오고 있었다. 수련이란 의미를 생각하는 순간 온 우주가 단전으로 들어와 가슴으로 밀려 올라오더니 머리의 한가운데를 통하여 위로 솟구치는 것이었다.

다시 단전의 기운이 아래로 내리뻗어 끝없이 먼 아래쪽으로 내리꽂히는 것이었다. 아래위로 'ㅣ'자로 기운이 연결되어 그 기운줄의 중간에 매달린 것 같은 모습이 되었다.

아무것도 자신을 지탱해 주는 것은 없었다. 그저 기운줄만이 자신을 아래위로 지탱하고 있었다. 기운줄에 연결된 상태에서 빙그르르 돌기 시작하였다. 360도를 돌자 서서히 멈추어 서면서 다시 제자리로 돌아왔다. 아무런 소리가 들리지 않았다. 무거운 정적만이 감돌고 있었다. 무거운 정적을 깨며 다시 음성이 들렸다.

"우주란 넓디넓은 곳이오."

너무나 깊이 깨닫고 있는 바였다.

"그 넓은 우주를 가까이 바라볼 수 있는 방법은 수련밖에 없
소. 당신은 바로 전생의 호흡 인연으로 이만큼 온 것이오."

'그랬었구나. 할아버지의 말씀과 생전에 마음을 비우기 위하여
노력한 것이 이만큼의 결과를 가져온 것이구나. 그렇다면 앞으로는
무엇을 하여야 할 것인가?'

"앞으로 얼마간 할 일은 없을 것이오."

'그러면 이러한 상태로 있어야 한단 말인가?'

"그렇지는 않소. 그러면서도 지속적인 변화가 있을 것이오. 그
변화를 수용하는가 여부에 따라 당신의 미래는 달라지게 되어
있소."

미래……

모든 단어의 의미가 새삼 중대하고 무겁게 다가왔다. 생전의 미
래는 너무나 좁은 개념이었다. 그런데 지금의 미래라는 의미는 끝
없이 먼 앞날을 말하고 있는 것 아닌가? 감히 인간으로서는 생각지
도 못할 수조 년의 몇억 배가 될 자신의 앞날들…… 무한히 실감

되는 순간이었다.

"그렇다고 너무 심각하게 생각할 것은 없소. 그 세월도 짧을 지 모르오. 내가 살아온 바에 비하면……."

'그렇다면 이 선인은 얼마의 세월을 살아오셨단 말인가?'

"당신이 생각할 수 있는 범위를 넘었다는 것만 알면 되오."

'도대체 얼마의 세월이기에 내가 생각지도 못할 정도의 세월이란 말인가?'

"인간으로 있으면 상상력이 상당 부분 통제를 받게 되어 있소."

"어떠한 연유로 그러한 일이 생겼습니까?"

"인간이 많이 생각해 봐야 별 도움이 되지 않기 때문이오."

'인간이 생각하는 것이 별 도움이 되지 않는다니?'

"생각을 많이 할 수 있다는 것은 급속한 진전과 깊이 연관되는 것이오. 급속한 진전은 인간의 현재 처지로 볼 때 형편이 따라가지 못함으로 인하여 갈등만 불러일으킬 소지가 높소."

　하긴 그랬다. 인간의 능력으로는 생각할 수 있는 것조차 제한되지 않았던가? 해결책을 바로 옆에 놓아두고 수천 리를 돌아가는 방법으로 생각하는 사람들을 너무 많이 보아 온 것이다. 그러한 모든 것이 인간이므로 생긴 것이라면 인간의 껍질을 벗은 이후에는 그러한 것이 없어야 할 것 아닌가?

　"그렇지 않네. 인간으로 있었다는 것은 그간의 결과에 대하여 책임질 것을 요구받는 것이네. 인간이란 항상 자신이 책임을 면할 수 있다고 생각하지만 결코 그렇지 않네. 마음을 올바로 쓰는 것과 그렇지 않은 것이 인간의 눈으로 보면 잘 보이지 않으나 선계에서는 전혀 속일 수 없는 것이네.
　선계란 모든 것이 투명의 극치를 달리고 있네. 있는 그대로 모든 것이 비추게 되어 있네. 이 그림에 가감을 한다는 것이 허용되지 않는 것이지. 가감이 허용된다는 것은 선계에서는 있을 수 없는 일이네. 모든 것이 정확하므로 그 기반 위에서 모든 것이 진화할 수 있는 것이지. 저길 보게."

· 67 ·

　별들이 사라지고 공중에 떠 있는 수많은 인간의 영체들이 보였다. 누워 있는 경우도 있었고, 앉아 있는 경우도 있었으며, 엎드려 있는 경우도 있었다. 처음에는 수십 명이 보였으나 점차 시야가 넓어지면서 수십만, 아니 그 이상의 영체들이 떠 있는 것이 보였다. 해수욕장의 백사장 모래만큼이나 많은 사람들이 떠 있었다.

끝이 보이지 않았다. 선계의 눈으로도 보이지 않을 정도로 아득한 저 멀리에까지 떠 있었다.

한 사람 간의 거리는 양옆이나 아래위로 약 6~9미터 정도로 떨어져 있었으며 모든 사람들이 줄을 맞추어 있는 것은 아니었다. 가만히 보니 약간 넓은 공간을 차지한 사람도 있고, 그렇지 않은 사람도 있어 공간에 약간의 차이가 있었다.

위로 올라갈수록 얼굴에 화색이 돌고 금방이라도 깨우면 일어날 것 같은 상태인 것으로 보아 다소 의식이 있어 보이는 영체들 같았으며, 아래로 내려갈수록 얼굴에 화색이 없고 거의 석고 같은 느낌이 들며 생기가 없는 것으로 보아 의식이 없는 영체들이었다.

공중에 떠 있는 것을 보면 무중력 상태 같았다. 몸을 움직이는 사람들은 없었다. 자신의 자리는 항상 그대로인 것 같았다. 무엇인가 아주 작은 별똥별 같은 것이 이들이 떠 있는 곳을 지나가자 약간 흔들리더니 다시 제자리를 찾아들어가고 있었다.

아무것도 보이거나 얽혀 있는 것은 없었으나 정확한 자리가 정해져 있는 것 같았다. 모든 사람들이 자신이 생전에 입던 옷을 입은 모습 그대로 공중에 떠 있었으나 미동도 없이 가만히 있었다.

"지금 보고 있는 곳은 사망한 인간의 영체들이 보관되어 있는 곳이네. 이곳에서는 영급의 차이에 의해 보관장소가 정해지네. 우주란 워낙 넓어서 저렇게 끝도 없이 보이는 것 같아도 우주 전체로 보면 아주 좁다고 할 수 있지."

아마도 지금까지 죽은 모든 영체들이 환생한 일부를 제외하고는 거의 다 있는 것 같았다.

'저렇게 많은 영체들이 있었구나. 그렇다면 환생한 일부는 어떠한 과정을 거쳐서 다시 태어나는 것일까?'

"아직 그것까지는 알 것 없네."

"알았습니다."

"궁금한 것이 많이 있을 것이네. 하지만 아무리 선계라고 해도 차근차근 알아 나가야 하네."

그럴 것 같았다. 자신이 이제 선계에 와서 지금 같은 혜택을 누리고 있는 것도 지금 보고 있는 저 사람들에 비하면 엄청난 혜택이 아니던가? 비교할 수 없는 영광을 누리고 있는 것이다.

"그러하네. 자네는 지금 저 사람들에 비하여 상당한 정도의 혜택을 누리고 있다고 할 수 있네."

"어째서 그러한 일이 저에게 일어나고 있는 것인지요?"

"할 일이 있기 때문이지."

'내가 무슨 할 일이 있다는 것인가? 아직 선계의 초년생이며, 앞으로 무엇이 될 것인가조차도 알 수 없는 정도 아닌가?'

자신의 능력으로 아직은 아무것도 할 수 없는 것인 것 같았다. 그런데 무슨 일인지는 몰라도 할 일이 있기는 있는 모양이 아닌가?

"그 일은 너무 성급히 서둘지 말게. 자네는 지금 위치가 정해지지도 않았지 않는가?"

'그렇다. 아직 나는 아무것도 정해진 것이 없는 것이다.'

"자네는 지금 선계의 기운줄만 연결된 것일세."

'기운줄이 연결된 것은 어떠한 의미가 있을 것이다. 이 의미를 잘 살려야 할 것임은 두말할 나위 없는 것 아닌가?'

"그러하네. 지금은 그러한 생각만 하고 있도록 하게."

"알았습니다."

"모든 것은 다 가는 대로 가도록 되어 있네."

"이제 조금씩 알 것 같습니다."

아직 구체적으로는 모르겠으나 서서히 우주의 윤곽이 드러나는 것처럼 느껴졌다. 어슴푸레한 우주의 새벽이 다가오고 있었던 것이다. 영계의 모든 것들이 다시 사라져 갔다. 지금 자신이 보고 있는 것은 우주의 아주 일부인 것이다. 그럼에도 이진사가 상상할 수 있었던 범위를 훨씬 넘어가고 있었다.

이렇게 넓고 깊으며 많은 내용들이 들어 있을 것이라고는 생각지 않았었다. 그저 생전에 들은 대로 천당과 지옥, 그리고 그 외의 몇 몇 세상이 있을 것이라고 생각하였는데, 그것은 아주 일부이며 그 이상의 너무나 많은 것들이 있었던 것이다.

'이다지도 넓고 많은 것들이 있었구나.'

안드로메다의 인류

· 68 ·

　우주란 역시 우주라고 할 만하였다. 할 만한 정도가 아니라 역시 우주였다.

　인간의 힘이란 너무나 보잘 것 없었다. 그 정도의 능력으로 한 갑자(甲子_60년) 남짓한 세월을 너무나 발전적이지 못한 방향으로 살아가는 사람들이 많은 것이다. 싸우고 헐뜯으며, 욕심으로 가득 찬 세월로 채우고 있는 것이다.

60여 년의 세월은 수련만 하기에도 너무나 짧다. 크는 세월과 마무리하는 세월을 빼면 부지런히 한다고 하여도 불과 20~30여 년의 세월이 아닌가? 이 정도의 세월은 우주에서 한숨 한 번 쉴 정도로 짧은 세월이 아니던가? 그 아까운 세월을 시간을 허비하는데 쓰다니…….

앞의 영체들이 서서히 움직였다. 한쪽으로 움직이고 있었다.

"이들 중 인간으로 다시 태어날 사람들은 저 위에 있는 사람들이지. 그 이하는 등급에 맞게 동물로도 태어나고, 곤충으로도 태어나는 것이지. 차라리 태어나지 않는 것만도 못한 경우도 있네. 환생으로 인하여 오히려 그렇지 않은 것보다 못한 경우도 있지."

가만히 보니 인간의 모습이 아닌 경우도 보였다. 아주 아래에는 짐승도 보였으며, 저 앞에 멀리에는 아직 보지 못한 생물체들이 보였다. 인간도 동물도 아닌 영체들이 있었다. 팔은 가늘고, 머리에 아무런 털도 없으며, 피부는 회색인 인간 아닌 인간들이 있었다.

"안드로메다 은하의 인류들이네. 지구의 인간과는 다른 구조를 가지고 있지. 안드로메다 내 미루 은하의 제3성에 살던 사람들이지. 이들과도 윤회의 사슬이 연결되어 있네."

'그렇구나. 인간이 아닌 이들과 윤회를 하다니.'

"아니, 이들은 인간보다 더 앞선 문명을 가진 인류들이네. 배울 점이 많이 있을 걸세."

'그렇다면 인간과 중복하여 윤회를 하는 우주 내의 인류들은 얼마나 있는 것일까?'

"많이 있네. 지구상에서만 해도 80여 종족이 윤회를 거듭하고 있네. 하지만 인간의 상태로 있는 이상 알 수는 없을 걸세."

처음 듣는 이야기였다. 이러한 일이 있다니. 지구 외에 인간들이 살고 있다는 것도 처음 듣는 이야기였지만 이들이 인간들보다 더욱 발전된 문명을 가지고 있다니. 놀라운 이야기였다.

인간들이 가장 발전된 생물인 것으로 알고 있으며 다른 별에 이러한 인류들이 있음을 상상조차 못하고 있던 차에 이러한 것을 본 것이다. 그러한 일이 있을 수 있다니…….

너무나 놀라운 이야기였다. 인간이 다른 은하의 별에 살았던 종족과 윤회를 하다니……. 과연 그러한 일이 있을 수 있는 것일까?

"가능하네. 인류를 발전시키기 위한 방법은 다른 종족과 혼합을 함으로써 가능하네. 동일 종족끼리의 번식은 기능의 저하를 불러올 수밖에 없네."

  알 것도 같았다. 동종 교배는 종족의 기능을 저하시킨다고 하지
않던가? 어디선가 들어 본 적이 있는 것 같았다. 정식으로 배운 것
은 아니지만 자신의 유전자 어디에 아스라이 기억되어 있던 것이
살아나는 것 같았다. 맞았다. 금생에 들은 것이 아닌 것이다. 전전
생의 언젠가 흘려들은 기억이 남아 있었던 것이다.

  "그렇다면 인류의 경우 이종(異種) 교배로 인하여 많은 발전이 있
었던 것입니까?"

  "그러하네."

  우리 한족(韓族)은 백의민족으로서 단일 민족임을 자부하고 있었
다. 비록 외침을 많이 당하기는 하였으나 나름대로 자랑할 수 있는
것은 민족의 혈통이 유지되고 있음에 대한 것이 그중 하나라고 할
수 있었다.
  그럼에도 인류 자체가 은하 간의 이종 교배에 의해 진화되어 온 것
이라니……. 우주는 정말로 다양한 방법으로 진화의 사슬을 연결시
켜 놓고 있었다. 수없이 먼 거리를 순간 이동할 수 있는 방법을 통하
여 상호 간에 공유하는 부분이 있었던 것이다.
  그렇다면 그들은 인간 세상의 경험을 통하여 무엇을 얻을 수 있단

말인가? 인간 세상은 그들과 비교하여 수없이 많은 세월을 진화하여
야 할 종족들이 아니던가?

"그렇지 않네. 지구의 인간들은 나름대로 상당히 복잡한 과
정을 거쳐서 진화하여 왔네. 수백만 년간의 세월을 진화해 오
며 가장 오행(五行)이 균형을 이룬 육체를 가지고 있지. 그러한
부분은 우주에서도 흔치 않은 것이네. 그러한 이유로 인하여
타 별에서 생존하기에는 상당히 부적절한 조건을 갖추고 있지
만 말일세."

'그랬었구나. 지구의 인간이 그러한 조건을 갖추고 있다면 더 진
화할 경우에 인간의 육체는 그들과 같이 변화할 것인가?'

"반드시 그렇지는 않을 것이네. 모두가 동일한 길을 걷는 것
은 아닐세. 지구의 인간은 인간의 진화를 계속할 것이네."

"안드로메다 은하의 그들은 인류보다 얼마나 앞서 있는지요?"

인류!
인간의 종족을 일컫는 말이었다. 하지만 자신이 사용하지는 않았
던 말이 아니던가? 인류라니…….

"많이 앞서 있네. 시간이 모두 같이 흘러가는 것은 아니네만 인간의 시간으로 한다면 수만 년은 앞서 있을 것이네."

수만 년이라니! 수만 년의 세월을 앞서 있다니……. 그렇다면 어느 정도의 진화를 하였단 말인가? 감히 상상할 수 없는 세월을 앞서 있는 것이었다. 단군 이래 수천 년밖에 안 되었는데 수만 년이라니. 더욱이 인간이 문화를 가진 것은 불과 수천 년밖에 안 되었지 않은가?

"반드시 그러한 것은 아니네. 인간의 역사가 생각보다 오래되었음을 알 수 있게 될 것이네. 자네가 알고 있는 지구 인간의 역사는 일부이며, 사실상 오래되었네. 수만 년의 세월로 계산할 수 있는 정도는 아닐세. 하지만 현재의 인간보다 수만 년 정도라도 앞서 있다는 것은 상상키 어려운 진화의 과정을 이루어 낸 것임을 말해 주는 것이네. 한번 그들의 문화를 보겠는가?"

"예, 보고 싶습니다."

· 69 ·

사방이 서서히 어두워지면서 지금까지 보이던 모든 것이 사라지고는 다시 밝아졌다. 다양한 건축물들이 보였다. 뾰족하거나 평평

한 지붕을 한 집 같은 것들이 보였다. 하늘이 검푸른 색이었다.

"저것은 자네에게 설명을 해 주어도 모를 걸세. 인류들이 생존하는 것은 지구에서만 가능한 것은 아닐세. 지구에서 생존하는 것도 중요하지만 그렇지 않은 방법으로 생존하기 위하여는 다른 방법을 익혀야 하지. 하지만 아직 자네가 걱정할 일은 아니네. 먼 훗날의 이야기일세."

먼 훗날이라니? 과연 이것을 어떻게 해석하여야 할지 몰랐다. 앞의 광경이 바뀌고 있었다. 나무와 풀들이 자라는 곳이었다. 그런데 무엇인가 달랐다. 아무것이나 먹을 수 있을 것 같은 생각이 들었다. 어딘가 지구의 것들과는 달랐다.

"그러하네. 전부 먹을 수도 있고, 자원으로 사용 가능한 것들이지."

전부 먹을 수 있거나 자원으로 사용 가능한 것들이라니……. 쓸모 없는 것이 전혀 없음을 감으로도 알 수 있었다.
완전 무결의 세상. 이럴 수가 있다니?
외견상으로는 지구와 비슷하게 보이지만 전혀 다른 별인 것 같았다. 별에 대하여 다른 생물이 생활하고 있을 것이라고 생각해 본 적은 없었다. 생물은 당연히 지구에서만 살고 있는 것으로 알고 있었던 것이다.

감히 지구가 아닌 다른 별에서 생물이 살고 있다는 것 자체가 잘 이해가 되지 않았다. 그것도 만물의 영장이라고 하는 인간보다 수만 년이나 앞선 인류라니? 그리고 모든 것이 쓸 데가 있는 별이 있다는 것이 거의 의아스럽게 느껴졌다.

"그러나 이것은 분명한 현실일세. 지구는 그 중의 한 별일 뿐이지."

지구가 하나의 별이라니? 지구 말고 이렇게 큰 별도 있단 말인가? 별이 이렇게 크다면 하늘을 전부 가리지 않겠는가? 상상이 되지 않았다.

"아직은 상상이 되지 않을 것이네. 하지만 자네가 보고 있는 저 광경도 역시 생물이 살아가는 하나의 별일세."

그럴 수 있을 것 같았다. 멀리 보면 저렇게 작아 보일 수 있는 것이리라……. 자신의 상상력의 빈곤을 탓할 수밖에 없었다. 하지만 인간으로 있을 때는 이러한 것을 상상조차 해 보지 못하고 살아온 자신이 아니던가? 가끔 하늘을 보기는 하였다. 하지만 하늘에 이렇게 대단하고 무서운 비밀이 숨어 있으리라고는 생각지 못하였다.

"대단한 것도 무서운 것도 아닐세. 당연한 것이지."

그럴 것이었다. 하늘의, 아니 우주의 입장에서 이러한 것이 무엇이 대수로울 수 있을 것인가? 어쩌면 아무것도 아닌 것 중의 하나일 것이다. 저 많은 별 중에 어찌 지구만이 생물이 살아가는 별이라고 생각하였단 말인가?

"이제 자네의 생각이 점차 트여 가는 것이네. 우주를 받아들이고 있다는 것이지. 아직 지구의 고정 관념이 탈색되려면 많은 세월이 흘러야겠지만 그래도 충격으로 바꾸는 것이 가장 빠른 길이지."

그런 것 같았다. 자신이 스스로 본 것을 비교적 자연스럽게 흡수하고 있었다.

"지금부터 보는 모든 것들은 자네의 상상을 뛰어넘는 것들이 대부분일 것일세. 하지만 나중에는 그것이 자연스런 것임을 알 수 있을 걸세."

그렇게 되기까지 얼마가 걸릴 것인지 알 수 없었다. 하지만 자신이 적응해 나가는 속도가 상당히 빠르다는 것은 스스로 알고 있었다. 모든 것이 자신이 생각해 왔던 것보다 더욱 크고 넓고 깊었으며 생각의 범위 밖에 있었다. 자신이 살아오고 생각해 왔던 것들이 얼마나 보잘것없는 것인가에 대하여 돌아보고 있었다.

우주란 넓고 넓어서 자신의 감각만으로 알 수 있는 것은 아니다. 하지만 언젠가 알 수는 있을 것 같았다.

"그러하네. 알 수는 있을 걸세. 하지만 전부 알 필요는 없네. 자네가 하여야 할 일에 대하여서만 알면 될 것이네."

"제가 하여야 할 일이 무엇인지요?"

"좀 더 있으면 알 수 있을 걸세."

아직 더 배워야 하는 일이 있는 것 같았다. 우주란 어디서 시작하여 어디서 끝나는 것인지 알 수 없었다. 알 수 있을 것 같다가도 모르는 것이 너무 많았다. 갈수록 엄청나게 넓다는 것, 그리고 그 안에는 자신이 모르는 것이 너무나 많다는 것이 지금까지의 소득이었다. 이렇게 넓을 것이라고는 생각지 못하였던 부분이었다.

"그러하네. 우주에 대하여 전부 알 수 있다는 것은 어불성설이지. 심지어는 우주 자신도 스스로에 대하여 모르고 있는 부분이 있네. 자네는 자네의 몸과 마음에 대하여 전부 알고 있는가?"

$$\cdot 70 \cdot$$

그렇다. 자신의 몸에 대하여도 전부 모르고 있지 않는가? 아니 전부는 고사하고 일부도 모르고 있었던 것이다. 자신의 몸을 받아 일평생 사용하여 왔으면서도 그 몸을 떠난 지금까지도 세부적인 것에 대하여는 아무것도 모르고 있는 것이었다. 마음에 대하여는 더 그랬다.

"세상의 이치는 모두 같은 것이네. 아는 것 같으면서도 모르는 것, 그것이 바로 정답인 것이지. 하지만 그렇지 않은 것도 있네. 마음공부를 하여야 한다는 것, 진화하여야 한다는 것은 절대적인 것이지. 인간으로만 있을 수도 없거니와 있어서도 안 되는 것이 바로 선계의 모든 구성원들의 임무이기도 하지."

그런 것 같았다. 수련이란 모든 것을 떠나서 중요함을 깨닫고 있었다.

'그렇다면 지금이라도 수련이 가능한 것일까?'

"기(氣)적으로는 가능하네. 하지만 기적으로 하는 것 역시 충분한 바탕을 쌓은 후에야 가능한 것이지."

'기적으로 가능하다 함은 다른 방법으로는 불가능하다는 것 아닌가?'

"그러하네. 자네는 지금 영체만 있지 않는가? 인간으로 있었다는 것이 얼마나 도움이 되는 것인가는 이제 기적인 수련을 하여 보면 알 수 있을 것이네. 자네 지금 수련을 한다면 어디에 기운을 모을 수 있겠는가?"

그렇다. 단전이 없는 것이다.
인간으로 있을 때는 단전을 통하여 모든 것이 가능하였다. 하지만 지금은 자신에게 단전이 없는 것이다. 기운을 모아 보았다. 기운이 모이지 않았다. 기운이 모이지 않는다면 무엇으로 일을 할 수 있을 것인가?

"지금 자네가 살아 있고 생각을 하는 것은 우주의 기운으로 하는 것일세. 자네는 지금 특별히 어디 기운이 연결된 곳이 없네. 인간으로 말하면 피부 호흡이 되는 것과 같은 이치이네. 모든 곳에서 동일하게 기운이 들어오는 것이지."

기운이 오는 곳이 동일하다니……. 가만히 느껴 보니 전신의 모든 곳으로 기운이 알 듯 모를 듯 들어와서는 내부에서 한 덩어리로 뭉치고 있었다. 아주 미미하게 들어오므로 의식을 하지 않고는 알 수 없을 정도였다. 겨우 생각을 함에 필요한 정도의 에너지만 들어오고 있는 것이었다. 그러면 지금 자신은 생각을 어디로 하고 있는 것인가?

"자네의 영체가 하고 있는 것이네. 자네는 지금 우주의 일부가 되어 있으므로 자네가 생각하는 것이 아니고 자네의 영체가 생각을 하는 것이네."

'영체란 내가 아닌 것인가? 영체가 생각을 하다니? 지금의 나는 무엇인가? 영체의 두뇌란 영으로 된 기체의 머리 부분인가?'

"그러하네. 버릇이 그렇게 되어서 자네는 지금 머리로만 생각을 할 수 있지. 본격적인 선인이 되면 전신으로 생각을 할 수 있게 되네."

'전신으로 생각을 하다니? 그것이 과연 가능한 것일까?'

"그것은 나중에 알게 되네. 그보다 중요한 것은 지금의 자네도 자네이지만 그보다 본래의 자네는 지금 우주의 본체에 연결되어 있다는 것이네. 어떠한 영체든 이곳에 오면 본래의 자신은 우주의 본체에 접속이 되도록 되어 있네. 그리고 남아 있는 부분이 이렇게 버리지 못한 자신을 구성하고 있는 것이지.

　자네는 약 30% 정도만 선계의 본체로 가고, 70%는 여기에 영체의 상태로 있는 것이네. 100% 선계로 가도 자신의 의사를 가지고 있지만 그때는 생각의 방향이 전반적으로 바뀌게 되네. 지금은 아무것도 아닐세.

　40~60% 정도 우주의 본체가 되었을 때 준(準)선인이라고 하지. 하지만 자네는 수련을 하지 않아 30% 선이므로 준선인의 대열에 들기에도 어렵다고 할 수 있네. 인간으로 있을 때 선한 업을 쌓은 것이 이럴 경우 도움이 되는 것이지. 허나 자네는 이미 때가 늦었으므로 여기에서 수련을 하여 10%를 채운다는 것 역시 불가능한 것이지."

· 71 ·

'그렇다면 어떻게 하여야 하는 것일까? 방법은 없는 것일까?'

"반드시 그렇지는 않네. 자네의 경우 할 일이 있음은 바로 자네가 지상의 자손을 이끌어 주어야 하기 때문이지."

"누굴 말씀하시는 것이온지요?"

"그건 지금 알 것 없네. 나중에 알 수 있을 걸세."

'지상의 자손이라. 어떠한 자손인가? 직계인가? 아니면 타인의
자손일까?'

우주란 모든 인류가 자손이지 자신의 자손만 자손이라고 하는 것
은 아닐 것이었다. 심지어는 지금 살아 있는 모든 생물이 자손일 수
도 있었다.

"그 부분에 대하여는 너무 심각하게 생각지 말게. 우선 자네
가 하여야 할 일이 더 많은 까닭이네."

"무엇이온지요?"

"아직 알 것 없네."

지금 할 일이란 바로 마음을 닦는 일일 수도 있었다. 자신에게는
이제 마음밖에 없으므로 마음을 닦는 것이 가장 먼저 하여야 할 일
인 것 같았다.

"바로 그것이네. 그것만이 자네를 더욱 가볍게 할 수 있는 일
이네."

그럴 것 같았다. 자신의 마음에는 아직 속세의 때가 너무 많이 묻

어 있는 것 같았다. 이 많은 때를 벗겨 내어야만 자신이 가벼워질
수 있을 것 같았다.

"인간이라고 모두 같은 인간이 아닐세. 마찬가지로 선인이라
고 모두 선인이 아니지. 선인 중에도 선인다운 선인이 있고, 선
인답지 못한 선인이 있네. 선인다운 선인은 우리가 선인이라고
하고 선인답지 못한 선인은 악인이라고 하지. 이 구별은 상당히
중요하네. 영원히 선인의 반열에 오를 수 있는지 아닌지를 구별
할 수 있는 기준이 되는 것이지. 한번 악인이 되면 영원히 선인
이 될 수 없는 경우도 있는 것이네."

악인이란 속(俗)의 개념과는 무엇인가 다를 것이었다.

"그러하네. 선계의 악인이란 바로 기운이 통하지 않는 기인(氣
人)이지. 기운이 통하지 않으면 선계의 의도를 알 수 없고, 의도
를 모르면 엉뚱한 행동을 하기 마련이지. 그래서 항상 무례를
저지르는 것이 바로 악인이지.
지상의 개념처럼 선악이 뚜렷이 구분되는 것과는 달리 기운이
통하지 않는 것이 바로 악인이자 앞으로도 가장 방법이 없는 것
이 바로 악인일세. 지상에서 수련을 전혀 하지 않다 보면 이러
한 경우가 생기는 것이지."

'그렇구나. 기운이 통하고 아니고의 차이가 그렇게 무서운 것이구나.'

이런저런 도(道) 공부를 한다고 하면서 기운을 모르는 많은 사람들이 떠올랐다. 기운을 모른다는 것은 바로 선계의 뜻이 무엇인가를 알 수 없음을 뜻하는 것이었다. 선계의 뜻이 무엇인가를 알 수 없다면 선계의 의도를 따를 수 없으리라. 그렇다면 금수와 무엇이 다를 것인가?

'그런데 나는 기운이 통하고 있는 것인가?'

"자네는 기운이 통하고 있지 않는가? 그래서 여기에 와 있는 것일세."

'그렇구나.'

자신의 몸에 기운의 줄기가 통하고 있음을 잠시 잊었던 것이었다. 자신에게 기운이 통하고 있다면 일단 악인은 면한 것 아닌가? 악인이 아닌 것만도 천만다행인 것처럼 느껴졌다. 선계에서 구제불능인 경우에서는 일단 벗어난 것이다. 그렇다면 더 이상의 등급 향상은 안 된다고 하더라도 이대로 어떠한 발전을 이룩하여야 할 것인가? 준선인의 대열에 들지 못하더라도 선계에서 어떠한 일을 할 수는 있을 것인가?

"할 수 있는 일이 있네. 자네는 다소 예외라고 할 수 있지."

'예외라니? 선계에서 어찌 그러한 일이 있을 수 있는 것인가?'

"선계이므로 가능한 것이네. 선계는 가능하다고 생각하면 얼마든지 예외가 있을 수 있는 것이네."

'그렇구나.'

선계가 전혀 예외가 없는 곳이 아님은 놀라운 일이었다. 이렇듯 빈틈없이 돌아가는 곳에서 예외가 있다니?

"하늘이 시켜야 할 일이 있을 경우에 가능한 일이네."

그렇다. 선계에서 시켜야 할 일이 있다고 하였다. 그 일이 무엇인가는 알 수 없지만 무엇이든 시켜만 준다면 뼈가 으스러지도록 하리라. 그 일의 결과에 따라 어떠한 보답이 있을 것인가 여부를 제외하고라도 무슨 일이든 하리라 마음먹었다. 이 정도에까지 이른 것은 내가 잘나서가 아닌 어떤 사명이 있을 것이며, 그 사명을 다한다면 보답은 있을 것이었다.

"그 보답은 자네가 아닌 다른 사람의 이름으로 내려갈 수도 있네. 그래도 무관하겠는가?"

"무관하옵니다. 누가 받더라도 상관없이 열심히 할 것입니다."

"바로 그것이네. 누가 받든 선계의 일이라면 열심히 할 수 있어야 하네. 자네는 이 심사를 통과한 것이네."

다행이었다. 아주 사소한 정도의 다른 마음을 먹지 않고 순수하게 그렇게 하겠다고 답변한 것이 이러한 결과를 가져온 것이다. 선계란 순수하면 받아 주는 것인가?

"그러하네. 순수란 무엇과도 바꿀 수 없는 중요한 것이지."

다소라도 억울한 마음이 들지 않았던 것이 다행이었다. 선계에서 억울한 마음을 먹었다면 그것이 외부로 드러나지 않았더라도 어떻게든 나타났을 것이었다. 그렇지 않았던 것이 스스로 생각해 봐도 신통한 일이었다. 그렇다면 앞으로도 손해를 감수한다는 것이 자신에게 더욱 도움이 되는 것인가?

"손해라고 할 수 없네. 그것이 바로 자신이 해야 할 일이지."

마음을 가벼이 하리라

· 72 ·

그랬다. 모든 것은 자신의 일이었다. 어찌 나의 일이 아니라고 할 것인가? 모든 힘겨운 것은 나의 일인 것이다.

힘겨운 날이 가고 나면 그렇지 않은 날이 올 것이다. 그때에는 보다 나은 나의 날들을 만들어 보아야 할 것이었다. 힘겹다고 해도 몸을 가지고 있을 때에 비하면 힘겹다고 할 수 있는 것은 아니었지만, 그래도 마음은 무거운 부분이 있었다.

'마음이 무겁다. 어찌해야 가벼워질 것인가? 이 무거움은 어떠한 부분에서 오는 것일까? 이 무거움이 덜어지면 어떠한 결과가 나타

날 것인가?'

　무엇인가 미진한 것이 있었다. 이진사는 이것이 수련을 하지 않음으로써 오는 것인 줄 모르고 있었다. 수련의 인연은 이렇게 사방에서 조여 오는 것이었다.

　힘겨운 것이 무엇인지조차 모르고 있던 이진사에 비하면 선계의 다른 선인들은 이진사에게 감겨 있는 업의 실타래를 보면서 '그래도 괜찮은 사람이니 다행이지만 고생은 좀 되겠구나.' 하는 생각을 하고 있었다.

　선계에서 가장 무거운 것은 바로 마음인 것이다. 인간으로 있을 때야 몸을 가지고 있으니 몸이 가장 무거운 것이었으나 인간의 몸을 벗고 나면 가장 무거운 것은 마음인 것이다. 이진사의 경우에도 이 정도 마음의 무게라면 벌써 가라앉았을 것이나 기운줄에 연결되어 있었던 덕분에 이만큼 견디고 있는 것이었다.

　마음을 가볍게 하는 방법은 무엇일까?

　"마음을 가볍게 하는 방법은 마음에 달려 있네. 마음을 가벼이 하면 가벼워질 수 있는 것이지. 마음을 가볍게 하는 방법은 자네가 개발하여야 하네. 선계의 인류들은 전부 마음을 가볍게 하는 방법을 알고 있네. 다른 것은 다 몰라도 그것만 가지고 선인이 될 수 있는 것이지."

마음을 가볍게 할 수 있는 방법이라고 하였다. 마음을 가볍게 할 수 있다면 나의 무게도 덜어질 수 있을 것인가?

"약간은 가능하네. 그 비워진 마음의 무게를 하늘로 채워야 하는 것이지. 그래서 하늘이 무서운 것 아니겠나?"

인간으로 있을 때는 하늘이 무섭다고 생각해 본 적이 별로 없었다. 하늘이 무섭다고 생각하였을 때는 서당 시절 언젠가 천둥 번개가 마구 칠 때였다. 그 이후로는 거의 그런 기억이 없었다.

그런데 선계에 오고 나니 하늘의 무게가 새삼 수만 근인 것이다. 감히 인간의 힘으로 어찌할 수 있다고 이야기할 수가 없는 것이었다. 하늘은 절대자였다. 감히 하늘을 빼고 무엇을 논할 수 없는 것이다. 그랬다가는 당장 어떠한 일이 벌어질는지 몰랐다.

하늘은 절대 모르는 법이 없었으며, 모든 것을 알고도 모른 척하고 있을 뿐이었다. 인간으로 있을 때는 그런가 보다 하고 넘어가지만 선계에 오니까 그것이 아니었다. 염라대왕이 따로 없었다. 선계 자체가 염라대왕인 것이었다. 버슬이 따로 있고 일하는 사람이 따로 있는 것이 아니라 일하는 사람이 곧 하늘 그 자체였다.

'마음을 가볍게 하는 법'

마음을 가볍게 하는 법이라? 마음의 무게가 얼마인지 모르는데 어떻게 가볍게 할 것인가?

　잠시 가벼운 생각이 들었으나 선계에서 이처럼 심각한 문제가 없었다. 속에서는 수련으로 마음을 가볍게 할 수 있는 것을 수련을 하지 않고 선계에 입적함으로 인하여 수련 기회를 놓쳐 이처럼 무겁게 가고 있는 것이다. 다른 비수련생에 비하여 너무나 과분한 대접을 받고 있음을 모르고 있는 바는 아니나 어쨌든 더욱 진화하여야 할 처지에 있는 것이다.

-2권으로 이어짐-